魔豆

春秋異聞

卷一
夏夜譚

醉琉璃——著

春秋異聞

卷一

目錄

楔子

鄉下的夜晚很安靜，偏僻小路上僅有一道人影慢悠悠走著，影子被月光拉得長長的。

那人一手拉著行李箱，一手輕撫左胸，流露出的眼神是似水般的溫柔。

「我們再也不會被那些討厭的、引走你注意力的人所阻礙……就算你殺了我，我也不會在意，因爲我知道，我們終於可以永遠在一起了。」

那人回頭看了一眼越加模糊的學校輪廓，門口「綠野高中」四個字更是被夜色吞得一點兒也不剩。

一會兒過後，那人收回視線，凝視前方不知延伸至何處的小徑，緩緩邁開步子。一雙好看的眼眸彎成新月般的弧度，從嘴唇裡逸出輕緩且愉悅的歌聲。

「我等著你回來，我等著你回來，我想著你回來，我想著你回來……」

第一章

「春秋、小蘿，好了嗎？爸爸先去發動車子喔，你們等一下直接在門口等我。」溫和的男性嗓音從樓梯口傳上來，頓時引得還待在房間的夏春秋緊張起來。

「好、好的，我幫小蘿穿好外套就來。」

他一邊匆匆往門外喊，一邊翻著衣櫃，想要找出那件白底粉紅圓點的小外套給妹妹，但他從第一層抽屜找到第三層，都沒看到。

乖巧坐在床上的小女孩約莫十歲的年紀，黑髮及背，劉海略長，幾乎遮住了三分之一的臉蛋，隱去一雙黑幽幽的大眼睛。

她看著夏春秋努力不懈地尋找自己的小外套，忍不住跳下床，輕輕扯了扯他的衣角。

「哥哥，夏蘿穿別件外套也可以的。」她細聲細氣地說，不願哥哥在她身上花太多時間。

「可是那件比較好，防曬又防風。」夏春秋維持蹲在地上的姿勢，轉頭看了下窗外金燦得過於刺眼的陽光，捨不得妹妹被強烈的紫外線曬傷。

他明明記得昨天就把晾在外頭的衣物都收進來了……

「啊。」夏春秋低呼一聲，一骨碌跳起，卻因為蹲久了，腦袋出現暫時性暈眩，連帶身子跟著搖搖晃晃。

夏蘿立即兩手一張，抱住夏春秋的腰，試圖用自己的小身板來替哥哥穩住平衡。

「哥哥不怕，夏蘿撐住你了。」她仰起小臉蛋，認眞地說。

「謝謝小蘿。」夏春秋一顆心都要融化了，清秀的臉龐漾出開心的笑。

他回摟了夏蘿一下，在妹妹鬆開手的時候，三步併作兩步地走向自己擱在牆邊的後背包，拉開拉鍊。

夏蘿跟著探過頭，在看見裡面露出一截白底粉紅小圓點的布料之後，也輕輕「啊」了一聲。

「哥哥眞是粗心，居然忘記昨天就把妳的外套先收好了。」夏春秋不好意思地從背包裡拿出外套替夏蘿穿上，接著再從衣帽架上拿下一頂寬邊帽，戴在夏蘿頭上。

「好了，這樣小蘿就不用擔心陽光太大了。」他滿意地打量起夏蘿的裝扮，一雙眼睛笑得彎彎的。

「哥哥也要戴帽子，不然容易中暑，會被小姑姑家暴的。」夏蘿捉著夏春秋的手指搖了搖。

「沒關係，哥哥的外套就有帽子了。」夏春秋對自己遠不及對妹妹的關心，他一邊揹起後背包，一邊牽著夏蘿細白的小手。

兩人並沒有立即下樓，而是往走廊底端的房間走去。那裡是神明廳，除了供奉觀音之外，神桌後方的神龕還擺放一張用黑相框裝著的相片。

遺照上的女子極其秀麗，因為唇邊弧度不明顯，透出一絲清冷的感覺；然而那雙黑澈的眸子卻如春光般溫柔，彷彿注視著最重要的人。

「媽媽，我們要出門了。」夏春秋輕聲說道，「唸高中的這三年，我和小蘿都會住在小姑姑那邊，我已經十六歲了，會好好照顧小蘿的，妳不用擔心……」

「夏蘿也會照顧哥哥的。」黑髮白膚的小女孩仰起頭，注視著遺照的大眼睛裡滿是孺慕之情。

兩人又對著母親的遺照說了一會兒話，才依依不捨地離開神明廳，走下樓梯。

夏春秋先讓夏蘿到門口去找父親，自己則仔細將一樓檢查過一遍，確認窗戶都已上鎖、瓦斯爐也關了，這才安心地轉身離開。

全副心思都放在家人上，夏春秋並沒有發現他的手機孤伶伶地被留在書桌上……

天空很藍，沒有幾朵白雲飄浮在上頭，只有刺眼的金色陽光毫不留情地灑落下來，任地面上蒸騰出一股股熱氣，彷彿要將柏油路烤焦一般。

唧唧唧的蟬聲由遠而近響起，一陣接著一陣，在這個沒有涼風的正午時分，讓人聽了直想把耳朵摀起。

寬敞的道路上，由於兩旁樹木稀疏，因此樹蔭並沒有辦法造福行人，最多是在每棵樹下拉出短短的影子。

「好熱……」屬於少年的聲音有氣無力地響起，落在柏油路上的身影搖搖晃晃，腳步甚至有些虛浮。

在這個炎熱到讓人不想出門的正午時間，凹凸不平的柏油路上只有兩道身影慢吞吞地走著。

一個是約莫十六歲的黑髮少年，身形瘦弱，一隻手牽著比自己小好幾歲的小女孩，另一隻手則是拿著一張簡易地圖。在他身後，還揹著一個厚重的背包，本來就不算高的身子頓時被壓得更加矮小了，彷彿一不小心就會絆倒在地。

走在少年身後的，是個戴著寬邊帽、穿著白底粉紅圓點外套的小女孩。雖然有帽簷遮擋，不過悶熱的天氣還是讓她的臉蛋紅撲撲的，額際滲出了細細的汗水。

「哥哥要帽子嗎？」聽到兄長的感嘆，夏蘿憂心地看向對方，小手抓下帽子，想也不想就遞過去。

「小蘿戴著就好，不然妳會中暑的。」夏春秋眼明手快地將帽子重新戴回夏蘿頭上。

「那，哥哥蹲下來一點。」

眼見夏春秋如她所願地蹲下來與她平視，夏蘿立即再次摘下帽子，努力地替夏春秋搧了搧風，希望可以減少兄長的燥熱感。

在沒有涼風吹拂的天氣裡，搧出來的氣流自然也是熱的，但夏春秋絲毫不在意，妹妹貼心的舉動讓他窩心不已。

他從背包裡拿出礦泉水，在夏蘿小口小口喝著水的時候，悉心地替她將長髮束起來，以免悶住脖子跟肩膀。

「哥哥，喝。」夏蘿舉高礦泉水，眼巴巴地注視夏春秋，「要多喝一點。」

夏春秋依言多喝了幾口，補充完水分之後，再次牽起夏蘿的手，兩人繼續往下走。

兩兄妹之所以會落得頂著大太陽走路的下場，只能說是事出突然、迫不得已。

因爲綠野村地處偏僻，沒有直達車，再加上兩人的父親夏舒桐要出差，無法與他們隨行，便將一雙兒女載到火車站，仔仔細細交代一番後，才不捨地目送他們離開。

下了火車之後，必須再轉搭公車，約莫要四十多分鐘才能抵達綠野村；偏偏公車行駛到一半時拋了錨，司機又臨時聯絡不上其他車子，夏春秋才決定用走的。

拿著司機畫的簡易地圖，夏春秋與夏蘿到現在已經走了十五分鐘左右。

就在這時，夏春秋忽地聽到車子的引擎聲從後方傳來，由遠漸近，他立即帶著妹妹退到一邊，將路讓出來。

看起來很有年紀的老爺車，經過兩人身邊、往前開了一小段路之後，忽地停頓一下，然後在夏春秋不解的目光中緩緩倒退。

噗嚕嚕……排氣管發出不順暢的雜音，烤漆斑駁的老爺車停在夏春秋與夏蘿前方，車窗慢慢降了下來，露出一張風韻猶存的嫵媚臉孔。

「夏春秋跟夏蘿？」黑色長髮在腦後盤成髻的中年女人，盯著兩人一會兒，以低啞的聲音問道。

「啊，是、是的，請問您是？」夏春秋反射性地挺直背脊，右手將夏蘿牽得緊緊的，有意想要遮擋住妹妹的身影。

「眞沒想到，當初的小鬼都長那麼大了啊。」中年女人微彎了下嘴唇，但因爲臉上的表情淡淡的，讓她這抹笑看起來也有些冷淡的味道，「喊我堇姨就好了。我是你們小姑姑的朋友，上車吧，我載你們去找她。」

「但是……」夏春秋有絲遲疑。

「別婆婆媽媽了，你們現在不上車，可是要再走半個小時左右才能到綠野村的。」堇姨不耐煩地看了他一眼，不容置疑地下達命令，「你坐前面，妹妹坐後面。」

看了看頭頂上毒辣辣的陽光，夏春秋當下不再猶豫，替夏蘿打開後座的車門，等她坐進去之後，才急急忙忙坐上副駕駛座。

老爺車慢吞吞駛動起來，雖然時速只有二十公里，但比起僅靠兩隻腳走路的速度，還是遠遠快上許多。

車裡的冷氣一下子就將繚繞在皮膚上的燥熱感驅走，涼爽的溫度包覆住全身，舒服得讓夏春秋忍不住輕輕呼出一口氣。

他一邊揩去額上未乾的汗水，一邊轉過頭殷切叮囑。

「小蘿，不可以脫外套，這樣容易感冒。」

夏蘿扯著外套的動作一頓，看著夏春秋不甚贊同的表情，她乖巧地點點頭，將兩隻小手擱在大腿上。

夏春秋讚許地朝夏蘿笑了笑，也換來妹妹小小的笑花。

「大熱天的，你們怎麼不搭公車，而是用走的？」堇姨雖然開著車，眼角餘光卻將兩兄妹的互動都收了進去。

「其實我們本、本來是搭公車沒錯……」夏春秋雖然想好好交代事情的來龍去脈，但說著說著仍是忍不住結巴起來。

「那輛公車破得跟什麼似的，哪天拋錨都不奇怪。」堇姨嘲諷地彎了下紅艷的嘴唇。

夏春秋回以尷尬一笑，畢竟他們此時坐的老爺車光是那要上不上、要下不下的引擎聲，就讓人膽顫心驚。

他想了想，決定改變話題，順道問出心裡的疑惑。

「對了，堇姨，您是、是怎麼認出我跟小蘿的？」

「當然是因爲舒雁給了我你們的照片。」堇姨發出意味不明的低笑。

不管是夏蘿還是夏春秋，兩人都知道堇姨口中的「舒雁」是誰。

夏舒雁，今年二十九歲，單身，是夏春秋和夏蘿的小姑姑，也就是他們今天準備拜訪的目標人物。

「原來是因爲照片。」夏春秋恍然大悟的同時又覺得有點兒害羞。先前聽對方話裡的意思，似乎許久以前就曾見過他們了。

「你以爲舒雁只給了我照片嗎？」堇姨的聲音偏低，說話速度也不疾不緩，「她可是將你們兩兄妹的照片放大列印出來，發送給全村呢。連雜貨店都被強制貼了一張。」

夏春秋詫異地驚呼出聲，就連夏蘿也感到不可思議地瞠圓了眼。

「搞得一副像在抓通緝犯的樣子。」堇姨似笑非笑地瞅向兩兄妹，「恭喜你們，現在全村的人都知道夏春秋跟夏蘿是誰了。」

「天、天啊……」夏春秋虛弱地呻吟一聲，只想把自己的臉捂起來。

夏蘿那張如白瓷般的小臉蛋雖然不見明顯情緒，但仔細一瞧，就會發現她的耳朵尖微微發紅。

車子裡頓時安靜了下來，只剩吵雜的蟬叫聲與引擎聲清晰傳進耳朵裡。

不過夏春秋的難爲情也只是一會兒，調適好心情後，視線落向窗外，看著蓊鬱的樹木與田地不斷向後倒退，刷過眼角。

大約又過了數分鐘，他才終於看到一塊偌大的木牌出現在眼前。牌子上刻著三個蒼勁的大字：綠野村。

「你瞧，不搭車，你跟你妹妹還在路上曬著大太陽，可憐兮兮地繼續走著。」堇姨熟門熟路地將車子拐進巷子裡，在兩扇敞開的墨綠色大門前停了下來。

「謝謝堇姨。」雖然拘謹感還在，但夏春秋道謝時，語句已順暢多了。他靦腆地對堇姨笑了一下。

「夏蘿也謝謝堇姨。」將略長的劉海往旁邊撩開，露出一雙澄澈如黑曜石的眸子，夏蘿挺直單薄的背脊，認眞道著謝。

堇姨一手搭在方向盤上，側過身子看著兩兄妹。她短暫地沉默半晌，忽地抬起手，先是輕拍夏春秋的頭，接著又揉了揉夏蘿的頭髮。

「你們越大越像夏伶……」她懷念地說，低啞的嗓音多了幾絲溫度。

「堇姨，妳、妳認識媽媽？」夏春秋難掩吃驚。

夏蘿雖然沒有開口，但也關切地緊瞅堇姨不放。

「……以前見過幾次面。」挑起話題的人卻像是瞬間突然失去說話的興致，語氣再度淡了下來，「好了，下車吧。別拖拖拉拉的，我還得回家。」

「好、好的，堇姨再見。」

「再見。」

夏春秋回頭看了堇姨一眼，對方這次不說話了，略帶不耐煩地朝他擺擺手，送客的意思很明顯。

雖然心裡在意著堇姨與母親之間的關係，夏春秋還是順從地打開車門，然而不知是不是下車時沒踩好，左腳絆到右腳，一個踉蹌，頓時狼狽地跌趴在地，摔得腦袋都暈沉沉的。

這感覺就像是……

「一見面就來了個五體投地的大禮，實在是太慎重了。春秋，你那麼想我嗎？」

一道爽朗的清亮女聲忽地從頭上響起，帶著調侃的意味。

夏春秋按著發疼的鼻子，抬起頭，眼底頓時映入一張熟悉的臉孔。如果能扣掉頭髮上的鯊魚夾和臉上的黑框眼鏡，那張臉其實可以與「美麗」兩字勉強擦上邊。

夏春秋嘴唇微微地蠕動著，最末化成三個含糊不清的單字。

「小……姑……姑……」

然而剛吐出這三個字，一陣強烈的暈眩感忽然鋪天蓋地湧來，夏春秋只聽見吵吵嚷嚷的聲音在耳邊炸開，下一秒，眼前頓時一黑，濃厚的幽暗將他的視線全數吞噬。

「喂！春秋、春秋！」

當夏春秋從渾渾噩噩的黑暗中清醒時，發現自己依舊呈現趴倒在地的姿勢，首先映入眼底的是一塊塊白色的方形磁磚，然後才是米色牆壁。

從嘴巴裡發出幾個虛弱的單音節，他想從地上爬起，卻發現身體異常沉重，就好像有什麼東西壓在身上。

這個念頭讓夏春秋不自覺慌了起來，他掙扎地弓起背脊，試圖把壓在身上的東西甩掉，但下一秒，一個巴掌忽地往他後腦勺拍下。

「中暑的傢伙不要亂動。」

熟悉的女聲從上方響起，夏春秋混沌的腦子裡先是空白了好幾秒，隨後才意識到，那是夏舒雁的聲音。

「小姑姑……妳怎麼在我身上……」以趴倒在地的姿勢，夏春秋艱困地抬起頭，眼角餘光瞄見跨坐在自己身體兩側的修長美腿。

「幫你刮痧啊。」夏舒雁將那顆試圖亂動的頭顱按了回去，一向爽朗偏低的聲音透出了沒好氣的味道，「春秋，能不能拜託你不要那麼愛中暑，人家看到你的背部和肩膀，說不定會以爲是我在家暴。」

「我、我也不願意。」夏春秋有些委屈，一年四季容易中暑的體質是他心中最大的痛。不論春夏秋冬，自己的背部、肩膀常常帶著紅紅紫紫的顏色，不知情的人看了，很容易造成誤會。

「因爲哥哥很虛弱。」聽起來沒有高低起伏的稚嫩童音，成爲第三道響起的聲音。這個時候夏春秋才注意到，自己左手邊還坐著妹妹夏蘿。那張被劉海遮住眼睛的小臉正對著他的背脊，似乎在研究夏舒雁刮痧的手法。

「曬了那麼久的太陽，小蘿沒有事，反而是你這個做哥哥的先中暑暈倒。」夏舒雁輕彈了下舌頭，將稍微下滑的黑框眼鏡推了上去，「話說回來，不是有公車可以坐嗎？你們怎麼會用走的過來？而且手機還打不通。幸好堇姨在路上遇到你們，將你們載回來，不然你們兩個還不知道要走到什麼時候。」

聽見一連串質詢的句子，夏春秋發出一聲悶哼，視線不自覺飄向窗外，有點逃避現實的意味。

「春秋？」夏舒雁的聲音揚高。

「就是……」夏春秋嚥了嚥口水，囁嚅著說出事情的眞相，「公車在半路上拋錨，司機臨時又聯絡不到其他車子，所以他給了我一張簡易地圖，讓我們用走的。至於手機……對不起，我把它放在家裡了。」

一記爆栗落在夏春秋頭上，痛得他哀叫一聲，但對於夏舒雁的暴行卻不敢有絲毫反抗。

「眞是的，竟然忘記帶手機，你這個孩子就是那麼粗心。」夏舒雁刮痧的力道又大了幾分，頓時傳出夏春秋悶悶的哀號，「小蘿，妳以後要多多注意妳哥哥，依他這種個性，哪天搞丟了我都不意外。」

「……沒有那麼誇張吧。」夏春秋弱弱地反駁，只是聲音聽起來極端欠缺說服力。

「夏蘿會跟著哥哥，不讓他迷路。」留著及背長髮的小女孩點點頭。

「小蘿眞乖。」夏舒雁笑咪咪地送去一記誇獎的眼神，順道把刮痧板收回來，然後拍了下夏春秋的背，「好了，你可以起來了。」

雖然夏春秋很想爬起來，但是被夏舒雁壓在身上一段時間，身體早已僵掉。他只好繼續維持趴臥的姿勢，默默在心底感嘆：小姑姑，妳眞的得減肥了。

就在夏春秋總算擺脫僵硬感之際，那雙隨意打量室內的黑色眼睛卻發現似乎有什麼地方不太對勁。

敞開著落地窗的客廳不時吹入微微徐風，減緩了夏天的熱度，沙發和桌上凌亂地掛著待晾乾的衣物。先不管夏舒雁的生活能力究竟是零還是負一百，夏春秋驚恐地注意到，客廳牆角邊除了堆放著一只寫有「夏蘿」兩字的大箱子以外，並沒有看到第二個箱子。

「小姑姑，我可以問一下嗎？」夏春秋弱弱地舉手發問，聲音帶了一絲顫抖。

「什麼？」長髮被鯊魚夾夾著、穿著短褲、拿著扇子的夏舒雁瞄了姪子一眼，隨即察覺到他的視線，「你說行李喔，我讓人送到你學校宿舍了，剛好幫你省下一趟搬家的工夫。」

「學、學……學校宿舍！」夏春秋愕然地張大眼，「可是當、當初不是因爲小姑姑家離我和小蘿的學校很近，而且妳也答應我們可以住這裡，所以、所以爸爸才讓我們過來的嗎？怎麼會突然讓我住到宿舍？」

「理論上是這樣沒錯。」夏舒雁搖了搖扇子，唇角彎出一抹弧度，「不過，春秋啊，身爲一個男人，如果從來沒有體驗過住宿生活的話，那麼人際關係可是會出現缺陷的唷。既然我身爲你的臨時監護人，當然要讓可愛的姪子好好享受一下宿舍裡的愛恨情仇。」

完全不對吧，那個愛恨情仇是哪裡來的鄉土連續劇？夏春秋想要辯駁幾句話，但繪有西瓜圖案的涼扇已經擋在他的嘴巴前。

「春秋，雖然現在還沒開學，不過宿舍已經可以搬進去住了，所以待會記得到宿舍去報到喔。星期一到星期五，你就待在宿舍裡，跟新同學好好培養感情。如果交了可愛的女朋友，我也不反對，小姑姑我是很通情達理的。」

「夏蘿也很通情達理。」端坐在一旁的黑髮小女孩認真地開口，「不過哥哥不可以有了女朋友就忘記夏蘿。」

聽著一大一小的對話，夏春秋摀著臉孔，兩隻耳朵不自覺紅了起來。為什麼話題會突然跳到女朋友上面……難道、難道，宿舍裡有很可愛的女孩子嗎？

「不過最重要的一點，星期六跟星期日記得回我這邊。」夏舒雁揚起微笑，兩隻眼睛瞇成了新月形，帶著清亮感的嗓音打碎了夏春秋的綺想。

夏春秋可以打賭，夏舒雁接下來要說的絕對不是什麼好事情。

「你也知道，我一向不太擅長做家事。自己一個人住還無所謂，不過小蘿住下之後，就得注意一下環境衛生了。」夏舒雁攤了攤手，擺出一臉無辜的表情，「所以週末要記得回來幫我打掃房子喔。」

看向地板堆放的泡麵碗、啤酒罐、髒衣服，夏春秋嘴巴張了又闔，最後頹然地垮下肩。

當然，他表現出來的態度也可以稱為認命。

今年十六歲的夏春秋考上了一所十分偏遠的國立高中，為了減少通勤上的不便，原本夏春秋準備寄宿在小姑姑家裡，沒想到，他家小姑姑卻臨時改變主意，替他申請了學校宿舍。

只要一想到夏舒雁微笑地彎起大拇指和食指，比出一個錢幣的形狀，就算夏春秋有再多的哀號和抗議，也只能全部吞進肚子裡。

雖然尊重女性是夏春秋無法違抗的原因之一，但最重要的，還是在於「住宿費」三個字。錢都已經繳了，如果不住進去，就是貨眞價實的浪費，會遭天打雷劈的……

在城市待了十六年，夏春秋從沒想過自己會考上如此偏遠的高中，而且竟然還座落於山頂上。

看著眼前蜿蜒而上的柏油路，再看向周遭蓊蓊鬱鬱的樹林，夏春秋默默地嘆了口氣，接受自己即將到來的隱居生活。

更何況，就算不接受也不行。夏舒雁在把他拎出家裡大門的時候，笑容滿面地拋下話。

「小夏啊，雖然現在還是暑假，宿舍沒什麼管制，不過也不能因爲這樣，就隨便亂跑喔。有鑑於半年前發生過學生逃離宿舍的事件，小姑姑我會吩咐所有村民盯緊你的～～」

想到那爽朗帶笑的聲音，再想起菫姨曾說過，自家小姑姑將他與夏蘿的照片列印出來發送給全村人的事，夏春秋就不禁背脊發寒，忍不住顫抖了一下，原本停住的雙腳再次踩上腳踏車的踏板。

這輛渾身漆上粉紅色的淑女車由夏舒雁提供，原本是她用來訓練心肺功能的，不過騎了幾次之後便被束之高閣，直到現在才再次派上用場。

山路不算陡峭，但畢竟是上坡，對體力不濟的夏春秋而言，無疑是一場艱困的考驗。

值得慶幸的是，山路兩旁樹葉濃密繁盛，寬大的葉片幾乎將所有陽光隔絕於外，只有幾縷金光會從葉片的縫隙斜斜落下，因此山上總是充盈著涼爽。四周溫度讓夏春秋難以和村裡的炎熱聯想在一塊。

「至少沒有中暑、呼呼……的危機……」他一邊騎著腳踏車，一邊苦中作樂地想。只是在騎了一半的山路之後，這樣的閒情逸致就消失無蹤了。

「呼呼呼……」夏春秋氣喘吁吁，覺得肺部就像一座快要壞掉的風箱，苟延殘喘地運作著，發出垂死般的聲音。

他臉龐漲得通紅，細密的汗水滲出額際，兩隻腳用力踩在踏板上，每一下都好似要榨乾身體裡的最後一絲力氣。

夏春秋覺得這樣下去不行，他不希望住宿第一天就因爲雙腳痠痛過度，被迫將大半的時間都耗在寢室裡休息。

他顫顫巍巍地跳下腳踏車，將哽在喉嚨裡的一口氣慢慢吐出來，試著放緩呼吸頻率，好將紊亂的氣息調整過來。

如夏春秋所料，剛才的運動量已足以讓小腿肚打顫了。他將腳踏車斜停在一旁，從前方籃子取來背包，拿出礦泉水，咕嚕咕嚕喝了好幾大口，舒緩發乾的喉嚨。

在樹蔭下休息了一會兒後，夏春秋並沒有重新騎上腳踏車，而是牽著車慢慢往前走。

涼風徐徐吹來，拂去了熱意，疲勞感好似也跟著減緩不少。繁茂的枝葉間，隱隱約約可以看到好幾棟紅磚建築物的輪廓。

這個發現讓夏春秋的精神都來了，眼裡閃爍著光芒，步伐也略微加快，對於即將展開的住宿生活既緊張又期待。

不知道寢室的環境如何？室友好不好相處？希望彼此之間聊得來……

夏春秋放任思緒隨意奔流，有時候腦海裡轉著許多念頭，反而容易讓人忘記身體的疲憊，不知不覺間，他已走了一大段路。當他順著山路轉過一個彎時，頓時被所見景象釘住了腳步。

距離夏春秋約莫一百公尺的道路上，停著一輛黑色轎車，車子旁邊站著兩名身穿黑西裝、打著黑領帶、臉上還戴著黑色墨鏡的男人。而男人們之間，則困著一道高瘦的身影。

夏春秋嚥嚥口水，沒想到宿舍的愛恨情仇尚未體會到，就先撞見了黑社會的愛恨情仇。

而且從兩方交流情況來看，很不妙，大大的不妙。因為一名黑西裝男人已經伸出手，重重抓住那高瘦身影的手腕。

怎麼辦，要裝作沒看見嗎？夏春秋緊張地咬著嘴唇。理智告訴他不要多管閒事，但是良知卻將他的腳步釘在原地。

眼見兩方人氣氛似乎越來越僵，夏春秋把心一橫，將腳踏車扔在一邊，以跑百米的速度朝黑衣人之一用力撞過去。

對方顯然沒注意到夏春秋的存在，一個疏忽，頓時被奔跑所帶出的力道撞向一旁，不禁踉蹌了幾步。

狀況來得太突然，不只黑西裝男人沒反應過來，就連高瘦身影也是一呆，只能任由夏春秋抓住手腕，被迅速扯向他身後。

「我、我跟你們說，我已經報警了，勸你們最好不、不要亂來！」夏春秋擋在那道高瘦身影前，虛張聲勢地恐嚇黑西裝男人，然而一緊張，結結巴巴的毛病又出現了。

「喂，是他失禮在先，我們可沒有亂來。」

一道清脆嬌嫩的嗓音忽地響起，帶著濃濃的不滿，顯然是在指責夏春秋的多管閒事。

這時，夏春秋才注意到轎車車窗被打開一半，從裡面探出一張屬於少女的明媚臉孔。長長的鬈髮散在肩上，反倒襯托出膚色的白皙。

「我家的司機只是想跟他確認綠野高中是不是在山上，但這傢伙卻裝作沒聽到，停都不肯停一下。哼，鄉下人就是這麼沒禮貌。」外表嬌艷的少女不悅地揚高眉，語氣透出尖銳。

「沒禮貌的是你、你們才對！」儘管身體在發抖，但夏春秋仍大聲反駁，「對女孩子動手本來就是不對的！」

「……女孩子？」黑西裝男人與少女同時發出質疑，他們的視線落在夏春秋後方的高瘦身影上。

約莫一百七十多公分的身高，穿著簡單的襯衫及牛仔褲，及腰的長髮紮成一束，露出了一張中性俊秀的臉孔。那雙細長的黑色眼睛此刻卻一反先前的淡漠，露出了吃驚的情緒。

「你怎麼知道？」冷徹的嗓音透出一抹詫異，間接宣告了事實。

「騙人！你……妳怎麼可能是女孩子？」坐在車裡的明媚少女瞪大美眸，不敢置信地打開車門，探出一半的身子。然而一隻手突然伸了過來，抓住她的手腕，拉向自己胸前。

下一瞬，少女露出了舌頭被咬掉的表情，明媚的臉孔青紅交錯。

「大小姐？」站在兩邊的黑西裝男人憂心忡忡地詢問。

「眞的是……女生啊。」少女恍恍惚惚地收回手，低頭看著手指，再看向那道高瘦的身影，「剛才的事是我們不對，不、不過，那是妳長得……呃，太中性的關係，我們才會把妳誤認成男生……」

少女就像是爲了掩飾自己的尷尬並且轉移注意力，驀地轉頭看向夏春秋，漂亮的大眼睛驟然瞇起，嬌氣的聲音再次揚高。

「是說，你這個人看起來有點眼熟，我是不是在什麼地方見過你？」

「咦？我、我嗎？」夏春秋一愣。

「被大小姐這樣一說，我也覺得好像在哪看過他。」一名黑西裝男人忍不住對同伴低聲說道，「而且時間沒有很久，應該是最近的事。」

「最近、最近……」少女一邊擰眉思索，一邊上上下下打量起夏春秋。

先前成為注目焦點的高瘦身影反倒像是被人遺忘了一樣。

「大小姐，我想起來了！」第二名黑西裝男人恍然大悟地擊了下掌，「是雜貨店，我們剛去買水的雜貨店，牆壁上貼了他的照片，還特別標註是須要注意的重點人物。」

「啊！難道你是通緝犯！」少女倒抽一口氣，不敢置信地驚呼出聲。

「不、我不是……那是、那是……」夏春秋慌張地搖著手，在發現兩名黑西裝男人迅速圍上來、一左一右將他夾在中間時，強烈的緊張感讓他本就不流暢的說話變得更加結巴，一時反倒僵在原地、動彈不得。

「他不是。」綁著長馬尾的高瘦身影忽地一把拽住夏春秋的手腕，靈巧地將人拉出包圍，「我問過雜貨店了，那張照片是他親戚貼的。」

「是、是的，那是小姑姑擔心我們，所以才……才將我們的照片列印出來，發送給村民。」夏春秋難為情地解釋一二，不忘朝對方投去一記感謝的眼神。

「什麼啊，原來是這樣。」少女彆扭地別過臉，有些拉不下面子道歉。

「綠野高中就在上面，你們沒走錯路。沒事的話，我想先離開了。」剔透的黑色眼睛淡淡看向少女，然後又移到夏春秋臉上。

被對方散發滿滿壓迫感的眼睛一注視，夏春秋忍不住緊張起來，但那張中性冷淡的臉孔卻在下一秒浮現微笑。

「我叫左容，謝謝你的幫忙。」

「不、不客氣……」紅著兩隻耳朵，夏春秋這一次是因爲害羞而結巴。

眼見紮著長馬尾的左容轉身就要離去，明媚少女抿了下唇，忽然開口喊道：「喂，妳，等一下。」

「沒人告訴妳，對著他人喊『喂』，是很沒禮貌的一件事嗎？」左容神色不見波動，但環繞在周身的氛圍卻透著一股凜冽。

少女不禁退了一步，隨即又覺得自己這個舉動有示弱的嫌疑，於是抬起尖細的下巴。

「妳是綠野的學生吧。」看到左容小幅度點了下頭，她繼續說道：「既然這樣，讓他把腳踏車借妳不就好了？我家的司機可以順道送他上山。你也是要去綠野高中吧？」

後一句話，她是對著夏春秋說的。

「對……」夏春秋反射性應了聲，沒有意識到自己的腳踏車已經被明媚少女擅作主張地分派了。

左容沒有直接回應少女，而是看向夏春秋，輕聲問道：「我可以跟你借腳踏車嗎？」

「可以。」夏春秋靦腆說道，這一次終於沒有結巴了。

「謝謝。」左容俊麗的臉龐露出淺淺的一抹笑弧，對著他點了點頭，大步走向被擱置在路邊的腳踏車。

夏春秋呆呆地站在原地，目送著左容修長的身影消失在視野內，直到一聲不客氣的嬌嫩嗓音響起，才拉回了他的神智。

「還不上車，我送你去學校。」容貌明媚的女孩雙手環胸，一雙美眸直勾勾地看向夏春秋。

「啊，等等……」夏春秋發出愕然的聲音，然而還等不及他說出完整句子，一名黑西裝男人已將他塞進車裡，隨即砰的一聲關上車門。開車，上路。

第二章

豪華的黑色轎車裡開著冷氣，但是夏春秋卻無法專心享受涼爽的溫度，反而緊張得紅著臉、縮著肩膀，彷彿要將身體蜷起來。

坐在他隔壁的少女挺直纖細的背脊，柔順的長長鬈髮披散在肩膀與後背，不時散發出一股甜甜的香味。那味道讓夏春秋渾身不自在，兩隻手侷促地握在一起。

安靜到尷尬的氣氛飄浮在車廂裡，夏春秋有些坐立不安，他想要請少女讓他下車，但是一對上少女美麗如玉石的側臉，所有話便卡在喉嚨裡，一個字都吐不出來。

尷尬……好尷尬……超級尷尬……

夏春秋現在最想做的動作，就是抱著頭喊出前面那串話，再打開車門跳車，不過這些都僅止於想像，而且這樣做對少女來說實在太失禮了。

彷彿察覺到那游移不定的視線，少女轉過頭，小巧的下巴輕抬，「你這人眞沒禮貌，都不懂得自我介紹嗎？」

嬌脆的聲音敲在密閉車廂內，夏春秋反射性身體一震，慌慌張張地吐出名字。

「我叫夏、夏春秋！」

「可惜少了一個冬天，不然四季都湊齊了。」少女轉了轉靈動的美眸，掩嘴發出吃吃的笑聲，「你該不會有一個叫冬天的兄弟姊妹吧？」

「呃，沒有。」夏春秋搖頭，他只有一個叫夏蘿的可愛妹妹。

「我叫葉心恬，是『那個』葉家的長女喔。」少女挺起胸膛，表情滿是自豪。

哪個？夏春秋頭上浮現一個大大的問號。

「……你不知道華榮企業的葉家？不會吧，就算是鄉下人，資訊應該也沒那麼不發達啊。」葉心恬驚訝地張大了眼睛，隨即從嘴巴裡吐出一長串商號店家的名字。

夏春秋一開始仍然搖頭，然後是點頭，再點頭，有幾個商家的廣告幾乎每天都可以在電視上看到。

「怎樣，很了不起吧？」葉心恬揚起小巧的下巴。

「他們的確很了不起。」夏春秋順勢接話，但下一秒他撓撓頭髮，發出了充滿困惑的疑問，「可是……這些都跟妳沒關係吧，畢竟不是、不是妳打拚出來的。」

「你這個搞不清楚狀況的鄉下人！」葉心恬頓時斂去笑容，不悅地吊高貓似的大眼睛，細白的手指頭比向夏春秋的鼻子，「我是葉家的長女，那些東西遲早都會由我來繼承的！」

「我、我知道妳是葉家的長女啊……」面對葉心恬逼人的氣勢，夏春秋忍不住結巴了起來，「我只是不明白……」

「你明不明白那是你的事，跟我沒有關係。」葉心恬眼神高傲，明媚的臉龐像是不容侵犯。

然後對話就這樣結束了。

車內陷入一陣更加可怕的沉默。

夏春秋僵著脖子看向窗外，十根手指不自覺絞成一團，沉悶的氣氛壓得他心頭沉甸甸的，想要下車的念頭再次蠢蠢欲動。

怎麼辦，好尷尬，尷尬到讓人受不了……

完全不懂方才的對話是哪邊出問題，夏春秋只能縮著肩膀，視線不敢隨便亂飄，深怕對上那雙美麗又盛氣凌人的眼睛。

住宿生活還沒開始，他就已經出現了人際關係的障礙……

一邊在心底感傷著自己即將面對的宿舍愛恨情仇，一邊注視著窗外不斷刷過眼角的景色，車內沉默的氣氛讓夏春秋渾身不自在。

或許是上天聽到了他的祈求，沿著兩旁樹叢蜿蜒不斷的柏油路，經過十分鐘之後，終於到了盡頭。

從夏春秋的角度看出去，好幾棟紅磚砌成的矮樓座落在不遠處，磚頭顏色頗新，看起來建造完成的時間並沒有太久。

再往前一點，可以看見兩扇敞開的大門，以及立在門邊的高聳石碑，上頭刻了八個蒼勁有力的大字：國立綠野高級中學。

和一般都市學校不同，這所高中雖然同樣設置了警衛室，但這時卻沒有看到任何警衛，門窗緊鎖，看起來裝飾性質比實用性大了不少。

夏春秋已經可以聽見坐在前座的黑西裝男人發出不滿的低語。

車子繼續往前行駛，繞過了校園，順著林道的方向來到後方的兩層樓建築物。同樣由紅磚砌成，不過和教學樓最大的區別在於形狀，不是正規的四方形，看起來有稜有角，像是某種多邊形。

夏春秋正打量這棟奇異的樓房時，耳邊忽地傳來葉心恬清脆的聲音。

「宿舍到了，你還不下車？」

「咦咦咦？這就是宿舍？」夏春秋訝異地張大眼，他看看這棟明顯異於教學樓的建築物，再看向葉心恬板著的俏臉，忍不住吐出心底的疑問，「爲什麼……只有一棟？」

「我說你啊。」葉心恬沒好氣地擰起了細緻的眉毛，那雙明媚的大眼睛透出不敢置信，「你眞的是綠野高中的學生嗎？你難道不知道，這裡的宿舍是男女合住？」

夏春秋茫然地搖搖頭。來到村裡的第一天，連環境都還沒摸熟，就被小姑姑強迫入住學校宿舍，他怎麼可能知道這邊是採取男女……

等等，男女合住？夏春秋彷彿意識到什麼，一雙眸子瞪得更大了，「所、所所以我們要住一起？」

「誰要跟你住一起！」葉心恬雙手環胸，別開臉龐，發出不悅的輕哼，「女生住二樓，男生在一樓，你如果敢闖進本小姐的房間，你就，死、定、了。」

最後三個字重重敲在夏春秋耳邊，他嚥了嚥口水，看著轉過頭來的兩名黑西裝男人，越發覺得他來住宿會不會是一種錯誤。

他剛剛提出的「住一起」，只是單純疑惑男女合宿的眞實性，並不是眞的想要跟少女同住一房。就算、就算在父親的教導下，「尊重女性」這四個字已經刻在骨子裡，但不代表他就擅長應付女性啊……

夏春秋默默在心底淌著淚，在葉心恬與兩名黑西裝男人壓迫的視線下，匆匆說了一句「謝謝你們載我一程」，便急急忙忙開門下車。

當他下車後，車子也跟著熄了引擎，兩名黑西裝男人打開後車箱，開始從裡頭拿出葉心恬的行李。一箱又一箱，一箱又一箱……看得夏春秋目瞪口呆，幾乎要懷疑對方根本是把全副家當搬來了。

「這些行李還眞多啊。」

「這些行李還眞多啊。」

夏春秋發出感慨之後才注意到，剛才並不是只有他一個人說話，還有另一道男聲同時疊合在一起。

他微微扭動脖子，朝傳出聲音的方向看去。一轉頭，便發現身後不知何時已站了一道頎長身影。

那是個戴著無框眼鏡的青年，相貌白皙俊秀，襯著柔軟的褐色髮絲，周身散發一股溫和的氣質，讓人不自覺生出好感。

察覺到夏春秋的注視，青年微微一笑，露出了唇邊的淺淺笑紋，「你好，學弟，我是宿舍長孟齊，歡迎你來到綠野宿舍。」

「學長你好。」夏春秋慌張地鞠了個躬，「我是夏春秋，還請學長多多指教。」

「不用那麼拘謹，就把宿舍當成你的家，有什麼不懂的地方都可以問我……對了，你說你叫夏春秋？」孟齊確認似地俯下身子，一雙溫雅的眼睛微微瞇起。

「是、是的，請問有什麼問題嗎？」夏春秋戰戰兢兢地詢問。

「原來你就是夏春秋，難怪有點眼熟呢。」孟齊露出一抹恍然大悟的表情，他親切地對夏春秋笑了下。

夏春秋又想把自己的臉摀起來了。拜小姑姑所賜，不管是綠野村的村民還是綠野高中的學生，看到他時的第一句話都是「你看起來有點眼熟」。

「舒雁姊已經把你的行李送來了，就在房間裡，記得點看看有沒有什麼東西遺漏。」

「學長也認識小姑姑？」夏春秋納悶著對方提起夏舒雁時的熟稔感。

「呵呵，舒雁姊可是村裡的名人呢。她跟藍姊，喔，藍姊是我們的舍監。她們兩人拚起酒來，曾一個晚上就把雜貨店庫存的啤酒全部喝光，聽說一人喝了三十多瓶還不醉。」

夏春秋知道夏舒雁酒量不錯，但沒想到可以好成這樣子，忍不住驚訝得張大了嘴。

「對了，整理好東西之後記得去跟藍姊領制服。」孟齊提醒一聲。

「不是新生訓練時才會發制服嗎？」夏春秋訝異地問。

「住宿生例外。」孟齊眨了下眼，「我必須誠實地說一句，綠野高中的女生制服非常好看呢。」

「眞、眞的嗎？」夏春秋臉紅紅，內心不由得期待了起來。不知道左容穿上制服會是什麼樣子，不過想必是英姿颯爽吧。

「有個新生已經穿上制服在宿舍裡亂跑了，你說不定可以看到……」

孟齊原本想要和夏春秋再多聊幾句，眼角卻瞥到一名黑西裝男人正朝他走來，頓時露出一抹傷腦筋的表情。

「好啦，學弟，我得先去應付另一邊的問題了，第一次看見有人住宿帶那麼多東西。」

順著孟齊的視線看去，那宛如小山一般疊得高高的行李，讓夏春秋都忍不住擔心下一秒會不會突然崩塌了。

孟齊往宿舍裡一指，「你的房間是一〇四，鑰匙就在後面桌上，自己拿吧。」

「好的，謝謝學長。」夏春秋再度向孟齊鞠了躬，隨即懷著緊張的心情踏進宿舍大門。

第一眼映入眼底的就是門口正前方的櫃台，上面放著好幾把房間鑰匙，以及一台紅色的投幣式電話。

夏春秋拿起房間鑰匙，看了看往左右兩邊延伸的走廊，最後選擇了右邊的方向。

一〇四、一〇四……夏春秋邊走邊注視著門板上的號碼，認真尋找自己的房間。

然而當他踏進右邊走廊之後便發現，自己其實走到了反方向，因爲他第一個遇上的門牌號碼是一一〇，還有緊鄰一一〇房的廁所、浴室，以及轉角處的交誼廳。

走廊一側是玻璃窗，可以看到宿舍外的景色；另一側則是寢室，房門幾乎都緊閉著。

一層樓有十間寢室，兩層樓加起來也才二十間，和記憶中動輒五、六十間寢室的學校比起來，這棟宿舍的寢室數量有點少。

夏春秋撓撓頭髮，沒想到自己就讀的綠野高中竟然出乎意料地小，而且住宿生人數也不多，難怪宿舍要採男女合住了。

踩在由磁磚鋪成的走廊上，夏春秋沿著房間的號碼一路向下走，不一會就看見了漆著「１０４」三個數字的房門。

深吸一口氣，夏春秋拿起鑰匙插進鎖孔，喀的一聲，鎖扣發出彈跳聲。他將門把輕輕轉開，下一瞬間，滿室金黃的陽光映入眼底。

夏春秋反射性抬手擋住略顯刺眼的光線，等到眼睛逐漸適應亮度，才發現房間裡還有一個人。

宿舍的房間是上床下桌格局，左右各有一張書桌床鋪，和一座衣櫃。天花板上垂掛著老式吊扇，陳舊的葉片轉出一圈圈紋路，帶出了涼風。

左邊床位明顯已經被人先一步挑走了。一名染著暗紅髮色的少年坐在椅子上，兩隻腳大剌剌地擱在桌面，雙手抱在腦後，耳上掛著一副銀色耳機，似乎在聽音樂。

或許是察覺到開門聲，少年摘下耳機轉過頭，一雙狹長的眸子毫不客氣地瞪視過來。

「你是誰？」處於變聲期的嗓音低啞，卻掩不住張狂的味道。

「我我、我是夏春秋，也是住在一〇四的……」被那散發滿滿壓迫感的眼睛一瞪，夏春秋講話頓時變得結結巴巴，差點咬掉舌頭。

「嗤，小矮子一個。」少年嘲弄地揚起唇角，那張蒼白的臉孔雖然俊美得過分，卻容易讓人產生距離感。

夏春秋悲憤地看著自己的腳尖，再看向少年的長腿。他是長得矮了點沒錯，但有必要直接叫人小矮子嗎？

「我叫左易，沒事別來煩我。」少年冷哼一聲報出了名字，銀色耳機正準備重新戴上。

聽見這簡潔有力的兩個字，夏春秋一愣，總覺得有股似曾相識的感覺。

「那個，請問左容小姐是你的……」

「小姐？喂喂，小矮子，你再把剛剛的話說一遍。」自稱左易的紅髮少年停滯了一下動作，隨即一臉吃驚地扭過頭。

「呃……左容小姐這句？」被左易的大嗓門嚇到，夏春秋反射性挺直背脊。

「噗哈哈哈！你竟然看得出來左容是女的？」左易咧著嘴大笑，線條狂妄的眉眼透出一抹興味。

「不，也不能說是看的，應該是、是一種感覺……」夏春秋吶吶地解釋著。或許是因爲「尊重女性」這條家訓貫徹得太徹底，反而讓他培養出莫名的直覺。

「那麼，看在你這小矮子的直覺份上，就告訴你我跟她的關係吧，那傢伙跟我是雙胞胎。」左易拋出答案。

解開了心底的疑惑是很好，但夏春秋對某一點還是有點介懷。

「可以……不要叫我小矮子嗎？」他囁嚅著說道。

「你多高？」停止大笑的左易站起身子，雖然仍在青春期，但身高和同年齡的男孩比起來卻足足高出一顆頭。根據目測，估計接近一百八十了。

「一、一百七十。」夏春秋眼神不自覺飄移。

「喂喂，沒人叫你四捨五入，你那個身高，嘖嘖，才一六〇出頭吧。」左易鄙夷地睇了一眼。

一針見血！夏春秋萎靡地垮下肩膀，連跟室友敦親睦鄰的心情都沒有了。

「喂，小矮子。」左易的字典裡就像是沒有「同情」這兩個字，毫不客氣地將新綽號冠在夏春秋頭上，「你最好小心左容那傢伙。」

「什麼？」這句話來得太突然，還陷在低潮中的夏春秋只能茫然地眨眨眼，完全無法理解話中的意思。

「以後你就知道了。」左易嘲弄地揚起唇角，收回打量夏春秋的視線，重新戴上耳機，談話宣告中斷。

莫名其妙的對話、莫名其妙的室友，還有莫名其妙被強制住宿的自己……夏春秋眞想抱著自己的頭躲到床上，感嘆一下自己即將展開的新生活。

然而看到堆在房間一角的行李，那些悲春傷秋的心思立即退得一乾二淨。或許是因爲身爲家中長子，夏春秋對於打掃十分堅持，只要看見亂成一團的東西，就會很想去整理。例如，現在。

在將行李寄來綠野村之前，夏春秋確定箱子裡的東西都堆放得整整齊齊；然而行李從夏舒雁的手裡轉到宿舍之後，就奇異似地混雜在一起。

小姑姑一定有開箱……夏春秋嘆了口氣，認命地將所有物品一一分類擺好。就在他整理到一半的時候，忽然聽到窗外傳來叩叩叩的聲音。

夏春秋反射性轉頭，差點被貼在窗子上的圓胖臉龐嚇到，一口氣頓時哽在喉嚨裡。

同樣聽到敲窗聲的左易斜睇了一眼，囂張地送給窗外男孩一記中指，恣意妄爲的態度讓夏春秋不禁張大嘴巴。

不過站在窗外的男孩顯然脾氣十分好，看到那記中指不但不以爲意，反而繼續咧著嘴，鍥而不捨地又敲了幾下窗子，並且對著夏春秋招招手。

夏春秋訝異地比了比自己，見對方點頭，只好先放下做到一半的工作，不知所措地來到窗邊，將玻璃窗拉開一條大縫。

「嘿，同學，要不要一起玩球？」男孩笑嘻嘻地打著招呼，頭上還沾了幾片葉子。他的雙手攀在窗檯上，不只臉龐看起來胖乎乎的，連身子都圓滾滾的。

「不、不好意思，我還在整理行李。」夏春秋側了側身體，讓男孩可以看見散在桌面和地板的雜物。

「沒關係，那你整理好再來中庭找我們。」男孩的眼睛笑起來時會彎成一彎新月，雖然細到讓人懷疑究竟有沒有睜開眼，不過卻非常具有親切感，「我叫歐陽明，同學你呢？」

「我、我是夏春秋。」

「那我就直接叫你小夏啦，待會記得要過來喔。」胖胖的臉龐堆起笑容，歐陽明轉向兀自聽著音樂的左易，「左易，你確定不要玩嗎？」

「沒興趣。」懶洋洋地拋出三個字，左易閉上眼睛，懶得再回話。

「哈哈，你眞是不合群耶。那麼，小夏，我先走囉。」歐陽明笑容滿面地擺擺手，胖胖的身子鑽進矮樹叢中。

剛剛因爲視野都被歐陽明的身體擋住，夏春秋這時才發現，原來窗外還有一圈矮樹叢，似乎是用來阻隔中庭那邊的視線，不過顯然沒有多大作用，從歐陽明跑過來打招呼的舉動就可以知道了。

歐陽明的友善讓夏春秋對於宿舍生活重新燃起希望，他偷偷覷了眼左易，發現對方依舊閉著眼睛，沉浸在音樂之中，那雙令人嫉妒的長腿正毫不客氣地放在桌面。對女生來講，應該是一幅很有吸引力的畫面，但對男生來說……

夏春秋反射性向牆壁靠了一步。老實說，他眞的很怕這個室友。

緊張地嚥了嚥口水，夏春秋決定將左易的存在感拋諸腦後。目前最重要的就是盡快將房間整理乾淨，然後快快樂樂地加入歐陽明的玩球行列！

心動不如馬上行動，夏春秋奮力將所有日常用品安置完畢，桌子和床鋪都用抹布擦了一遍，確定沒什麼灰塵後，他在心底小小聲地歡呼一聲，手腳並用地爬下梯子。

離開房間前，夏春秋忍不住瞄了左易一眼，隨即輕手輕腳地將房門掩上，不發出一絲聲響。

由於剛才進入宿舍時，夏春秋選擇了往右走，所以一〇四到一一〇房間的廊道，他已經大略看過，剩下一〇四房號之前的走廊等著他探索。

宿舍呈多邊形，走廊的一邊是數扇房門緊閉的房間，另一邊則是敞開的窗戶，可以看見校園裡的鬱鬱樹木，金亮的光線從外投射進來，帶出滿地朦朧光澤。

順著走廊往前走，夏春秋看見了房門緊閉的一〇三、一〇二、一〇一寢，再過去一點則是一扇敞開著的小門。

他有絲好奇地抬頭望望天花板，隱約聽到砰砰砰的聲音，有點吵，或許是葉心恬他們搬運行李所發出來的。

一想到那雙明媚的眼睛氣勢凌人地瞪著自己，發出「敢擅闖房間一步就死定」的宣言，夏春秋背脊一涼，迅速收回視線，從那扇小門踏出去。

中庭看起來極爲寬廣，有著涼亭、石桌、石椅，地上鋪著一層綠色草皮，一塊塊石板往前延伸成小徑。裡頭不只栽種著各式植物，還有數棵高大樹木錯列其中，夏春秋注意到，涼亭附近還有一座小小的荷花池。

緊接著，夏春秋的視線就被草地上的三道身影拉過去。那是兩男一女的組合，站在中間的，恰好是先前跟他打過招呼的歐陽明。

面對不熟悉的人，夏春秋總會覺得很緊張，心跳不自覺加快。他深呼吸一口氣，給自己打打氣，隨即主動跨出步伐。

手裡拿著球的歐陽明原本在和另兩人談話，然而當他的眼角瞥見表情侷促的夏春秋之後，立即露出大大的微笑。

「小夏，這邊這邊！」揮著短胖的手臂，歐陽明大聲叫喚。

看著同時朝自己投射過來的三道視線，夏春秋有點害羞地舉起手，打了個招呼。

「小夏，我給你介紹一下，左邊這位是林綾，右邊的則是花花。」

「什麼花花，不要亂改人家的名字。」被喊作花花的少年擰起兩道細眉，秀氣白淨的臉龐露出了不能苟同的表情。他敲了下歐陽明的腦袋，隨即向夏春秋伸出手，「花忍冬，請多指教。」

「你、你好，我是夏春秋。」回握了下對方稍顯冰涼的手掌，夏春秋靦腆地報以一笑。

相較於歐陽明的寬鬆T恤，花忍冬卻是一襲白襯衫、咖啡色長褲，還繫了一條領帶，整體感覺乾淨俐落，讓看起來秀秀氣氣的他增添不少英氣。

彎了彎如狐狸般的細眼睛，花忍冬打趣地笑道，「你這人講話結結巴巴的，感覺眞可愛。」

「啊，不，我……那個……」夏春秋窘迫地紅了一張臉，瞬間不知道該說什麼才好。但下一秒，一道輕柔的女聲將他從尷尬狀態拉了出來。

「我是林綾。我也可以叫你小夏嗎？」戴著眼鏡的少女，綁著一條細長辮子，輕揚起唇角，幽黑的眼睛泛出溫婉的笑意。

「當當當當然可以！」面對膚色如雪的美麗少女，夏春秋這下子連耳朵都紅了。

「對了，小夏。我剛剛跟林綾還有花花討論，趁著中庭沒什麼人，要不要來玩棒球？」歐陽明笑呵呵地開口。

夏春秋這才看清楚，歐陽明手上拿著的正是棒球。不過在中庭玩棒球眞的好嗎？雖然這個中庭很大，大到塞下五十多人完全不是問題，但是……

「不會打到玻璃窗嗎？」端詳著呈多邊形、將中庭包圍其中的宿舍，夏春秋眼裡浮現擔憂。

「呵呵，怎麼可能打破窗戶呢？歐陽的體力不好，林綾是女生，人家更是手無縛雞之力。」花忍冬一手掩著嘴輕笑，一手則是從歐陽明那邊拿過棒球。

夏春秋發現，他剛剛好像聽到一個有些奇特的自稱詞。

「你看，就這樣輕輕一投……」花忍冬右手向後一拉，再往前揮出，手裡的棒球順著拋出的力道不斷高飛，「是不會打到窗戶的。」

最後一個字才剛落下，夏春秋就聽見「匡啷」一聲脆響。

有什麼東西破掉了。

站在草地上的四個人愣怔地仰起脖子，看著傳來聲音的二樓方向。陽光照射下，一面破了個洞的玻璃窗正反射出刺眼光芒，閃閃爍爍。

「真是奇怪，人家力氣明明就很小。」花忍冬困惑地看著右手，不自覺向後退了一步。

「怎、怎麼辦？窗戶破掉了！」雖然打破玻璃的不是自己，夏春秋卻不禁露出慌張的表情。

「慘了慘了，我不該提議說要在中庭玩棒球的。」歐陽明急得滿頭是汗，不斷在原地轉著圈子，兩隻手抓著頭髮。

「花花，不准跑。」四人之中最冷靜的當屬林綾，她眼明手快地拉住花忍冬的衣角。

「人、人家才沒有跑。」僵住了悄悄向後挪的左腳，花忍冬打哈哈地掩住眼底的心虛。

「沒有跑最好。」

陰森森的女聲重重響起，宛若炸出一聲驚雷，讓夏春秋忍不住嚥了嚥口水。

從四人角度望過去，可以看見那扇破了一個洞的玻璃窗被人拉開，裡面探出一張臉龐。

「花忍冬，就算宿舍才蓋沒幾年，還不到老舊的地步，但也禁不起你這樣摧殘。之前弄壞了一扇門，現在又打破交誼廳的窗戶，你就不能控制一下你的怪力嗎？」約莫二十八、九歲的女子頂著一張素淨的臉孔，長髮束起，居高臨下地盯著花忍冬。

「怪力？」不同音階的三道聲音同時響起。

「哈哈⋯⋯哪有，人家的力氣只不過是稍微，大了一點點。」面對三道探詢的視線，花忍冬伸出拇指和食指，比了一個短短的距離。

剛剛不是才說自己手無縛雞之力嗎？夏春秋看了這位新朋友一眼，有些無力地垮下肩。

「晚上睡覺前交一份悔過書給我。」女子冷冷說道，但當她的視線投向夏春秋時，眼裡的警告意味頓時全部退去，換上了和煦的笑意，「你就是夏春秋吧，我是宿舍的舍監，叫我藍姊就行，待會記得來跟我領制服。」

「差別待遇，對人家就這麼刻薄。」花忍冬的嘴動了動，發出只有旁邊三人才聽得到的聲音。

「不要以爲我看不懂唇形。」藍姊沒好氣地瞪了他一眼。

花忍冬訕訕地做了個拉上拉鍊的手勢。

「我再說一次，不准在中庭玩球、放鞭炮，也不准烤肉，如果被我發現的話⋯⋯」藍姊扯出一抹似笑非笑的弧度，未竟的句子裡滿是威脅意味。

雖然是第一次和這位舍監見面，但夏春秋卻依稀可以看見對方身後散發出來的可怕氣勢，忍不住反射性繃起肩膀，抬頭挺胸縮小腹。

「好了，去做你們自己的事吧，記得晚上六點開飯。」銳利的視線在花忍冬身上停留一會，藍姊拉上窗戶，細瘦的身影很快就從窗邊離開。

「呼……」或許是藍姊給人的壓迫感太大，當她一離開，夏春秋忍不住呼出一口氣。

「藍姊眞過分，不就是拆了一扇門，人家又沒做什麼壞事。」花忍冬垂下長長的睫毛，發出憂鬱的嘆息。

「我現在才知道，原來花花有怪力啊。」林綾推了下眼鏡，彎起唇角，那雙剔透如水晶的眼眸注視著花忍冬，滑過一抹淡淡笑意。

「其實我比較好奇，花花，你拆的是哪扇門？」歐陽明狐疑地看了過去。

「討厭，一直追問人家這種事，人家會害羞的。」花忍冬掩著嘴，逸出幾聲心虛的笑，隨即一把抓起處於呆愣狀態的夏春秋，「小夏先交給我啦，我們晚上六點見。」

游離的神智還沒全部歸位，夏春秋的手腕已被花忍冬一把握住，半拖半拽地帶離中庭，留下一連串驚呼聲。

「咦？等、等等等……要帶我去哪裡？」

第三章

被認識不到一天的新同學帶著參觀宿舍，還去學校操場走了好幾圈，原本體力就快燃燒殆盡的夏春秋終於宣告陣亡，在晚餐時邊吃邊打著瞌睡。

要不是花忍冬眼明手快地撐住他的下巴，差一點就把臉埋進盤子裡了。

顧不得舍監藍姊投過來的關愛視線，夏春秋匆匆扒了幾口飯後，一溜煙地跑回房間，渾身軟綿綿地倒在床鋪上。

雖然知道吃飽就睡容易胖，不過夏春秋抱著枕頭猶豫了三秒後，決定義無反顧地投入睡神的召喚。

身體上還有心理上的疲憊瞬間席捲而來，不到一會兒，夏春秋就已闔上眼睛，陷入深深的睡夢之中。

夏舒雁贊助的床墊非常舒服，棉被也軟軟鬆鬆的，讓夏春秋睡得極爲安穩，如果不是因爲睡到一半想要上廁所，估計他會這樣直接睡到天亮。

基於來自生理的抗議，夏春秋不甚情願地張開眼睛，伸著懶腰、打了一個呵欠。拿起床頭鬧鐘一看，原本還惺忪的眼睛頓時瞪得大大的，不敢置信地盯著落在十二的短針。

「不、不會吧，已經十二點了？我不是只睡一下下嗎？」夏春秋發出一聲短促的悲鳴。

「吵死了，小矮子，安靜一點。」

不客氣的聲音從下方傳來，夏春秋反射性摀住嘴巴，探出身子向下看去，這才發現紅髮室友正坐在桌前看書。

夏春秋訕訕地縮回身體，將纏在腳上的被子拉開，手腳並用地爬下梯子，每一個動作都小心翼翼，深怕發出太大的聲響。

從櫃子裡拿出乾淨衣物，夏春秋抱著臉盆緩緩朝浴室前進。

由於現在是晚上十二點，走廊上的大燈已從白晃晃的燈光切成昏黃小燈，在地上映出淺淺的光澤。

宿舍的公用浴室與廁所位在一一〇寢隔壁，兩排淋浴間只有一間二十四小時供應熱水，其他幾間一到十二點只剩冷水。

雖然現在是夏天，但夏春秋還是不想洗冷水澡，自然而然地往最裡面還有提供熱水的淋浴間走去。

嘩啦啦的水聲在寧靜的浴場裡激出不小回音，夏春秋放鬆心情地沖著身體，一整天的疲累彷彿隨著熱水淋下而消逝不見。就在他努力與身上泡沫奮鬥時，忽地聽到一陣咚咚咚的聲音響起。

有人敲他的門。

夏春秋困惑地擰起眉毛，這個時候誰會來浴室找他？將蓮蓬頭的水柱轉小，他狐疑地問道：「誰在外面？」

「嘿，等下要不要來講鬼故事？」

「歐陽，是你嗎？」雖然覺得聲音很熟悉，但夏春秋還是確認地問了一次。

「不是我是誰？」門外的人笑呵呵地回答，「要不要來講鬼故事？」

「現、現在嗎？」一想到要在半夜講這種讓人背脊發涼的故事，夏春秋不禁遲疑了。

「等下在你房間集合好不好，我們一起來講鬼故事。」

「等等，歐陽，不要在我、我的房間啦，左易不知道會不會答應……」室友桀驁不馴的表情晃過腦海，夏春秋實在不覺得左易像是喜歡鬼故事的人。

「就這樣說定囉！」

「等一下，歐陽……喂，歐陽！」顧不得身上的泡沫還沒全部沖掉，夏春秋急急忙忙將浴室門打開一條縫，想試圖說服歐陽明打消這個念頭。然而當他探向外頭，早已不見那道胖乎乎的身影了。

「跑太快了吧……」夏春秋頹然地重新關起門板，剛剛灌進來的冷空氣讓皮膚起了一層雞皮疙瘩，他趕緊轉大水柱，一邊沖洗著身體，一邊思索該如何向左易解釋，他們的房間要被拿來當成講鬼故事的聚會地點……

最重要的是，他其實很怕聽鬼故事，聽多了容易胡思亂想。

夏春秋將水龍頭扭緊，迅速打理好自己，腦子裡拚命想著要怎麼推掉這場聚會。

懷抱著憂鬱的心情推開一〇四寢的門，夏春秋本來打定主意，待會歐陽明他們若是過來，就建議大家把地點移到交誼廳，沒想到他一踏進房裡，就看到一、二、三、四，總共有四個人坐在地板上，反而沒見到房間主人之一的左易，不知跑去哪裡了。

「小夏，你終於回來了。」林綾微微一笑，看似坐得隨意，卻透出優雅的味道。

「我可不是自願來的，是林綾拉我過來。」葉心恬彆扭地別過頭去。

「別這樣嘛，小葉，夏天就是要講鬼故事啊。」歐陽明那張胖胖的臉堆起笑容，安撫著滿臉不情願的葉心恬。

「浪費了人家寶貴的美容覺時間，故事如果不夠精彩，人家可是不依喔。」裹著外套的花忍冬掩嘴打了個呵欠，細長的眼似笑非笑地挑起。

「那個……請問，左易呢？」夏春秋環視寢室一圈，忍不住問道。

四根手指有志一同比向了上方床鋪，夏春秋下意識仰起脖子，隱約看到一綹暗紅髮絲露在床外。

「呃，左易，你不參加嗎？」夏春秋小聲拋出詢問，有些害怕室友會將房間擁擠度暴增的事怪罪到他頭上。

「不幹，老子對鬼故事沒興趣。」張狂的聲音從上方壓下來，「沒將你們轟出去，你們就該偷笑了。」

「膽小鬼。」葉心恬不以為然地哼道，「不敢聽就說一聲嘛。」

「死三八，有種妳再說一次！」俊美的臉孔從床上探了出來，左易惡狠狠地吊高一雙銳利的眼睛。

「我——」葉心恬雖然瑟縮了下，但還是挺起了纖瘦的背脊，不甘示弱地就要反擊回去。然而，坐在她旁邊的林綾卻輕輕握住她的手，溫和的嗓音充滿制止的意味。

「不行喔，小葉。」

夏春秋聽到葉心恬發出含糊的咕噥聲，隨即放鬆僵硬的背脊，視線也不再看向左易。看著如此迅速就被安撫完畢的葉心恬，他頓時嚇了一跳。

「小夏，你先吹頭髮吧。好了的話，我們就開始。」林綾笑盈盈說道，眼裡浮現柔軟的光芒。

「啊，好。」夏春秋不自覺應了聲，隨即才驚覺到，他本來是想阻止鬼故事大會展開的，怎麼不知不覺間一切已成定局？

夏春秋一邊吹著頭髮，空出的另一隻手則是將髒衣服浸泡在臉盆裡，他背對著正在聊天的四人，發出了一聲細小的嘆息。

聲音很小，花忍冬他們沒有聽到，然而原本掩起的房門卻在這時候被推開，這聲嘆息反倒落入開門者的耳裡。

「左易，我要跟你借……」

站在門前的高瘦身影在對上夏春秋的視線時，先是訝異地截斷句子，隨即從唇邊緩緩揚起一抹弧度。

「你好，春秋。腳踏車我已經停在車棚了。原本想跟你說一聲的，不過你那時在睡覺，我就沒有吵你了。」

相較於其他人「小夏、小夏」地喊，左容這聲略帶親暱的「春秋」，頓時讓夏春秋從脖子到臉頰泛起了一層熱度。

「左、左容同學。」看著那張中性美麗的臉孔，他不禁羞赧地打著招呼。

「叫我左容就可以了。」左容冷澈的眸子泛起一絲溫度，瞬間讓人覺得親近不少。她隨意地掃向房間，在看見圍在裡頭的四個人時，有些訝異，「你們都在？」

「左容，要不要一起來講鬼故事？」歐陽明笑嘻嘻地舉起手，向她打了個招呼。

「左易在床上。」林綾溫婉的嗓音跟著響起。

「聽起來似乎挺有趣。」左容沒有拒絕，踩著輕緩的腳步走進寢室裡。

歐陽明他們空出一個位置讓左容坐下，隨即再次催促夏春秋動作快一點。

胡亂抓了抓乾得差不多的頭髮，夏春秋收起吹風機，正要加入五個人之中時，花忍冬突然懶洋洋地開口。

「小夏，電燈要記得關喔，不然氣氛出不來。」

「一定……要關嗎？」夏春秋一臉爲難，他覺得開日光燈講鬼故事比較有安全感。

「呵呵。小夏，你放心，我有帶蠟燭。」歐陽明獻寶般拿出了五根蠟燭與五個小碟子。

夏春秋覺得更擔心了，這氣氛會不會營造得太好？

然而在四比一的情況下（左容無意見），夏春秋只好認命地關掉電燈。房間裡頓時只剩下昏黃搖曳的燭火，六人的影子清晰地映在牆壁上。

夏春秋吞了吞口水，小心翼翼地在左容旁邊空出來的位置坐定。或許是心理作用，其他人的臉龐在火光映照下，彷彿帶上了一層詭異色澤。

「既然大家都就座了，那麼，第一個故事就由我開始吧。」歐陽明收斂起嘻嘻哈哈的笑鬧表情，一向爽朗的聲音特意壓低了幾個音階。

「我在國二時參加過夏令營，營火晚會結束後就是我最期待的夜遊了。我被分到第三小隊，由一名漂亮的大姊姊當領隊，帶著我們這隊出發闖關。」

「聽領隊姊姊說，闖關時不能數關，不過我還是偷偷數了。我記得我們在通過第二道關卡之後，走了好久，卻一直沒有遇到第三道關卡。一開始大家都不是很在意，以爲關卡的距離有長有短，可是走著走著，我們卻發現路上安靜得過頭了，連一點兒蟲鳴聲都沒聽到。而且，前面的景色不知道爲什麼看起來特別黑，就算用手電筒照也看不清楚路況。」

「我們想要回頭，可是身後也變得黑漆漆一片，根本分不清楚我們是從哪個方向過來的。領隊姊姊很緊張，她叫我們停在原地，絕對不能鬆開彼此牽著的手，她則是拿出哨子用力吹起來。」

「因爲大家都牽著手，所以沒辦法拿出手機看時間，只覺得過了好久好久，有一、兩個女生已經嚇得哭出來了。」

「後來呢？」葉心恬忍不住往林綾身邊偎得更過去，手臂貼著手臂，想藉由對方的體溫讓自己安心。

「後來我們聽到有人在吹哨子，然後是手電筒的光往我們照過來。說也奇怪，光線出現之後，前面跟後面的景物立時變得清晰起來，我才看到原來我們的隊伍就停在一座橋前。如果領隊姊姊沒有叫我們停下來，大家都要……過橋了。」

歐陽明在說到最後三個字的時候，聲音放得特別輕，反而營造出詭異的氣氛。

「過橋有什麼不對嗎？」葉心恬納悶問道。

「白痴，誰沒事會在晚上過橋？」左易的聲音從上鋪落下，毫不掩飾嘲弄的語氣，「尤其是夜遊的時候。」

「你！」葉心恬瞪大一雙杏眼，被左易的三言兩語撩得心頭火起。

「小葉，以前的人禁忌較多，晚上過橋會讓人聯想到在過奈何橋。」林綾拍了拍她的手背，「妳覺得什樣的人會過奈何橋呢？」

「這還用說，當然是……」葉心恬驟然收聲，「死人」兩字閃過她的腦海，頓時刺激得讓她的手臂浮現出一層雞皮疙瘩。

「那、那，你們究竟是走到哪條路了？」夏春秋嚥了嚥口水，「其他人又是怎麼找到你們的？」

「其實在通往第三關卡前有一條分岔路，工作人員有在左邊的路插上引路香，但是那時候我們根本沒看到，於是就走到右邊的路了。奇怪的是，我們被帶回來時，卻看到香了。聽說是第三關的關主等不到我們，直到第五小隊都出現了，才驚覺出事。」

「好端端的，怎麼會碰上這種事呢？」花忍冬挑了下眉，「工作人員沒有先拜過山神和土地公嗎？」

「有喔，他們都有做。」歐陽明解釋，「我是後來私下問領隊姊姊的。因爲他們當初安排的夜遊路線有經過一座墓園，還特地擲筊詢問土地公能不能在這邊辦夜遊，土地公給了聖筊。」

「都聖筊了卻還出事，這沒道理啊。」花忍冬用手指捲著髮梢，百思不得其解。

「其實啊，」歐陽明忽然壓低聲音，以氣聲說話，「領隊姊姊告訴我，他們在活動當天發現有喪家來替死者下葬，臨時想要更改路線已經來不及了。說不定，這就是我們小隊遇上怪事的原因。」

葉心恬整個人都快縮到林綾懷裡，背脊好像可以感受到一股若有似無的涼意。

「嘿嘿，我的部分講完了，接下來換誰呢？」歐陽明吹熄了面前的蠟燭，興致勃勃地看向其他人，最後視線定格在林綾臉上。

「我嗎？也好。」林綾溫婉地笑了下，低頭看著如小動物般蜷在自己身前的葉心恬，「小葉，現在輪到我說鬼故事了，妳這樣會不會更容易被嚇到？」

「咿！」葉心恬一個哆嗦地從林綾懷中鑽出來，在看到歐陽明充滿關愛與包容的眼神、花忍冬隱忍著笑意的表情後，立即擺出「我才不怕」的模樣，哼的一聲，抬起尖細的下巴，挺直背坐回原處。

「我沒什麼親身經驗。」林綾的聲音悠悠柔柔，緩和了被燭光營造出來的陰森氣氛，「這個故事是我從堂哥那邊聽來的。堂哥前年考上大學，因爲學校宿舍有門禁，他覺得這樣不自由，決定跟幾個同學在外頭找房子住。他們的運氣不錯，找到一棟三層樓的房子，租金也很便宜……」

「租金便宜，想也知道房子有問題。」左易不客氣地嗤笑。

「左易。」左容淡漠的聲音透出了警告的意味，「加入，或是玩你的手機。」

躺在床上的紅髮少年咂了下嘴，卻是安靜地不再說話了。

眼見左容輕而易舉就壓制住左易張狂的性格，夏春秋的目光忍不住流露出讚佩。似是察覺到他的注視，左容側過頭，對著他小幅度地彎了下唇。

夏春秋的臉頰又開始燙了起來，忙不迭命令自己把心思放在林綾說的故事上頭。

「堂哥和一個同學一起住在三樓，這位同學，我就先稱他A君吧。A君有女朋友，女朋友來過夜的那幾天，堂哥都會被吵得睡不著。」

「哎呀。」花忍冬曖昧地笑了，「該不會是……」

「可惜不是花花想的那種事情。」林綾沉靜說道，「堂哥聽到的是哭聲，彷彿受了委屈，哀怨的哭聲。他本以爲是A君跟女朋友吵架，把女朋友惹哭了。感情上的問題，堂哥不好意思多問。沒想到有一天，A君突然跟堂哥說他想搬出去。」

「堂哥不太高興，畢竟當初大家說好要一起分擔房租的，少了一個人，負擔就會變重。但A君很堅持，還勸堂哥寧可提前解約付違約金，也不要繼續住下去。堂哥聽出了不對勁，就問A君到底發生什麼事。」

夏春秋屏氣凝神地聽，擱在膝蓋上的手微微收緊。

「A君的女朋友體質比較敏感，她說每次來的時候，半夜十二點都會聽到樓上傳來小孩子的嬉笑聲及奔跑聲。A君本來不相信，因爲他什麼也沒聽到，覺得是女朋友過於疑神疑鬼。直到某一天晚上，他忽然聽到堂哥房裡傳出女孩子的哭聲，但是堂哥那天根本不在。」

「A君又怕又在意，最後決定鼓起勇氣進去堂哥的房間，想要知道爲什麼會有哭聲。誰知道他一踏進房間，哭聲便消失了，取而代之的是另一個奇怪的聲音。A君驚恐地發現，堂哥的椅子正被緩緩推動，就像有人躲在桌子底下，想要把椅子推出來一樣。那張陽春的鐵椅逐漸被向外推出，然後，A君看見兩隻蒼白的手臂推著椅子，從桌子底下緩緩露出……」

喀噹一聲，幽靜的房間裡突然響起椅子的碰撞聲。

夏春秋身子一震，恐懼的尖叫差點從喉嚨裡衝了出來。他緊張地看看周遭，發現身旁的左容面色如常，眼神淡然，絲毫不受影響。至於坐在對面的葉心恬，則是發出短促的驚呼，那雙美眸瞪得大大的，左轉右移地戒備著。

「不好意思，人家剛剛撞到椅子了。」花忍冬攤了攤手，秀氣的臉孔滿是無辜。

「花花，人嚇人會嚇死人啦！」歐陽明拍了拍胸口，放鬆地呼出一口氣。

「腳麻了，想換個姿勢嘛。」從盤腿而坐變成側坐，花忍冬做出了個「請繼續」的手勢，「不要在意人家，林綾的故事還沒講完吧。」

「其實也講得差不多了。」林綾唇角微微彎起，「之後，堂哥他們向附近的人打聽一番才知道，他們住的地區在一場大地震中曾有不少人喪生。據說有些人沒有意識到自己已經死亡，靈魂依舊徘徊在原先居住的房子裡。堂哥他們租下的那棟，就是其中之一。」

「後來呢？」歐陽明好奇追問。

「後來有請法師來作法，希望超渡那些亡魂。不過即使如此，還是有好幾個同學決定搬走，事件裡的A君就是第一個離開的。同住的室友變少，原本的房租就必須由剩下幾人分擔，頓時讓他們壓力增加不少，堂哥他們只好放棄那棟房子，重新尋找新的住宿地點。」

林綾輕輕將放在碟子裡的蠟燭吹熄，搧了搧長長的睫毛，將視線移向花忍冬，「花花，爲了彌補你方才嚇到我們的過失，第三個故事就由你來講吧。」

「那麼，人家就講一個發生在人家身上的經歷吧。」花忍冬捲著髮梢，細長的眼彎成了新月的弧度。

只不過故事還沒開始，待在上鋪的左易已一臉不耐煩地探出頭。

「喂喂，你講話正常點行不行？」

「哎呀，這是人家的特色嘛。」花忍冬眼角挑起，發出一陣咯咯輕笑。

左易凶惡地瞪了他一眼，乾脆戴上耳機，來個聽而不聞。

「如果大家沒有異議，人家的故事就要開始了喔。」

「說故事的時候，可以用『我』來代替嗎？」左容淡淡開口，眼神看似平靜，卻隱含著一股不容拒絕的認眞。

「我附議。」林綾微笑著舉起手。

「好吧好吧，既然兩位都這樣說了，那人家只好順應一下民意了。」花忍冬聳聳肩膀，爽快地接受建議。

「這是人家……咳、我聽來的故事。G市有一所大學，因爲不知道大家之後會不會考上這所學校，爲了避免造成心理陰影，我就叫它F大吧。」

「花花，你說會造成心理陰影，該不會是眞實發生過的？」歐陽明瞪著眼睛，頓時將一雙瞇瞇眼撐大了幾分。

「噓，你安靜聽人家說故事就好。」花忍冬露出一抹耐人尋味的笑。

有時候，沒有正面回答反而更讓人堅信這就是答案。

「F大爲了解決教室不足的問題，幾年前蓋了一棟教學大樓，沒想到大樓啓用之後，每年都發生跳樓事件。就算在天台圍上防護欄也沒用，就是會有人想辦法爬上去，從頂樓跳下來。」

「跳樓的有學生，有教職員，甚至還有校外人士。因爲每年都有人跳樓，F大在今年年初終於決定將通往天台的門封起來，沒想到就在前幾個月，有人撬開了那扇鐵門，從上面跳下來。人家……我第一次知道，原來跳樓的聲音那麼沉重、那麼清晰。」

「花花，你……」夏春秋吃驚得倒抽一口氣。

「沒事、沒事，人家沒看到。」花忍冬安撫地對他笑了笑，「只是那天剛好跟朋友去F大逛逛，沒想到就聽到了聲音。警衛很快拉起封鎖線，阻止其他人靠近，我不敢去亂看，跟朋友匆匆離開了。」

「知道爲什麼每年都有人跳樓嗎？」左容問道。

「這個嘛，各種版本的說法都有，不過我覺得有個解釋特別有意思。那棟教學樓跟其他建築物不太一樣，天台不是都四四方方的嗎？但它有一面牆卻設計成了三角形，於是有人說教學樓側看像把劍、前看像墓碑。」

花忍冬一邊說，一邊拿出手機，開啓繪圖ＡＰＰ，畫出一個大略的形狀，幾個人一看，頓時恍然大悟。

「而且教學樓前方還有一座庭園……」

「那不就像是墓園了？」歐陽明心直口快地說，隨即自己「啊」了一聲，「該不會是風水問題吧。」

「這個嘛，人家也不知道。」花忍冬攤了攤手，低下頭吹熄蠟燭，似笑非笑的狐狸眼往夏春秋與葉心恬方向看去。

「人家的故事已經講完了，接下來換誰呢？小夏還是小葉？或者是……左容同學？」

就在夏春秋正暗暗揣測，究竟要由誰接下第四人的位置，左容的聲音已不疾不緩響起。

「我沒有撞鬼的經驗，不過我母親那邊的親戚是專門處理這方面事情的人士，我曾聽他們說起一個事件。」

「專門處理，是宮廟裡的師父嗎？」花忍冬好奇問道。

「不太一樣。」左容顯然沒有多談的打算，以自己的步調說起故事，「有一棟老式公寓專門出租給學生，事件的主角，就叫她A子吧。A子剛搬進去不久，就被學姊告知公寓不太乾淨，半夜一點到兩點的時候不管聽到什麼聲音，不要開門、不要出去。」

「剛住進去的一個禮拜，什麼事都沒有發生，A子也就沒有特別在意。沒想到在那之後，她開始聽到聲音，有時候是腳步聲，有時候是門把轉動聲，或是敲門聲，這些聲音出現的時間都在半夜一點到兩點之間，但問了其他學長姊，他們都說晚上睡得很好，也沒有聽到聲音。」

「壓垮A子的最後一根稻草，讓她決定搬走的原因，是在某天半夜，她的手機忽然響起。不知道是誰打來的電話，A子猶豫再三，還是決定接起，沒想到另一端卻一直重複傳出『快開門』三個字。」

「A子嚇壞了，隔天就找房東談解約的事。房東沒有跟她拿違約金，只是要求她不要將事情傳出去。A子搬走後，房東找上我們的舅舅，請他幫忙看看公寓是不是眞的有不乾淨的東西。」

「舅舅看過之後，建議房東跟較早住進來的其他幾個學生解約，如果再讓他們住下去，本來沒事的公寓也會出事。」

「爲什麼？」葉心恬一副又怕又想聽的模樣，整個人重新縮到林綾身邊。

「舅舅說，Ａ子的學長姊爲了逼房東降房租，不只捏造鬧鬼的傳聞，Ａ子聽到的那些聲音也是他們製造出來的，包括那通未知來電，就是其中一人用公共電話打給Ａ子。三人成虎，謊言說久了也會有成眞的一天。那幾個人，最後眞的引來了不乾淨的東西。」

「爛透了！」葉心恬忿忿不平地罵道。

「我……我想問一下。」夏春秋怯怯舉起手，「那棟公寓沒有裝監視器對不對？」

「哎，小夏，如果公寓有裝監視器，房東就不用找人來……」花忍冬說著說著，也察覺到哪邊不對勁了，原本帶笑的狐狸眼頓時閃過一抹驚疑不定。

是啊，既然沒有監視器，那麼左容、左易的舅舅又是如何知道發生在Ａ子身上的事，以及那些學長姊暗中弄出的小把戲？

看出幾人眼裡的疑惑，左容平靜地開口，「是公寓的老房客告訴舅舅的。」

「原來是老房客啊。」花忍冬乾乾地笑了笑，聰明地沒再問下去。

左容說完故事後微微俯下身子，吹熄眼前的蠟燭，隨即一雙細長美眸移向夏春秋。

「換、換我了嗎？」被那樣剔透漂亮的眼睛注視著，夏春秋組織語言的能力再度宣告當機。

「小夏，我相信你的故事絕對夠精彩刺激！」歐陽明拍了拍他的肩膀，圓胖的臉龐滿是期待。

一下子受到好幾雙眼睛的關注，夏春秋嚥了嚥口水，完全不敢講自己的大腦現在一片空白。他苦惱地皺起眉，拚命在記憶庫裡搜索，一截泛黃的畫面突然躍了出來。

夏春秋甚至沒有緩衝時間去思索，這個故事是否達到精彩刺激的標準，只是下意識張開嘴，聽見自己有些結巴的聲音流洩在房間裡。

「在、在我很小的時候，曾經和小姑姑同住一段日子。我記得，那件事發生在一個天氣很好的下午……那時候我一個人待在小姑姑的房間裡，用她的電腦玩遊戲；桌子很寬，上面幾乎沒擺什麼東西，所以如果有螞蟻爬過，會看得很清楚。」

「在我打電動的這段時間裡，有好幾隻螞蟻經過我眼前，我通常都是把牠們摁死，但幾次下來，螞蟻卻沒有因此消失，反而陸續出現好幾隻。我、我覺得很奇怪，就從小姑姑的抽屜裡拿出一瓶藥水，沾了一些在衛生紙上，沿著桌面擦了一遍。因爲之前看到螞蟻出現在螢幕附近，我就把螢幕抬起，將衛生紙湊近底座裡面擦一圈……」

「當、當我放下螢幕時，可怕的事情發生了，一、一、一大群螞蟻就像海浪一樣蜂擁而出，黑壓壓的，幾乎爬滿整張桌子——」

「討厭討厭！不要講那麼噁心的東西！」葉心恬摀著耳朵，氣急敗壞地發出短促驚叫。然後房裡氣氛突然陷入一陣詭異的沉默，再然後，一聲毫不客氣的嗤笑張狂響起。只見左易從上鋪探出他那顆紅色腦袋，狹長的眼睛因為大笑而彎成了新月狀。

左易這一笑，就像帶起了連鎖反應，除了葉心恬皺著一張小臉，其他人或是大笑或是微笑，或是嘴角輕揚。

「小夏，你那個……那個根本不是鬼故事啦！」歐陽明癱坐在地，邊笑邊揉著肚子。

「歐陽你這樣說就錯了，小夏他講的故事就某方面來講……的確很驚悚。」花忍冬彎起那雙狐狸眼，笑咪咪地說道，但一看見夏春秋茫然不知所措的表情，仍忍不住噗的一聲笑了出來。

就連表情一向冷淡的左容，也不禁揚起了唇角。

「其實我比較想知道，」林綾強忍著笑意開口，不過微微顫抖的雙肩還是洩露出她的情緒，「小夏，你之後是怎麼解決那些，咳，那一桌螞蟻的？」

「呃，我一開始是用衛生紙摁死那些螞蟻，可是數量實在太多了，最後就拿一條抹布拚命擦。洗了好幾次，才把螞蟻處理完。」夏春秋老實地回答，他也很佩服那時候的自己，竟然沒有尖叫著跑開，反而努力想要替小姑姑清除那堆螞蟻。

現在想想，一定是小姑姑習慣邊用電腦邊吃零食，有餅乾屑掉到螢幕附近，所以螞蟻才乾脆在螢幕底座築巢。

雖然房間裡的人幾乎都被這個故事逗到發笑，但唯一被嚇到摀住耳朵的葉心恬不高興地豎起兩道細緻的柳眉，一雙明媚的大眼帶著灼灼熱度瞪了過去。

「太、太過分了！你一定是知道我討厭蟲子，所以故意講這個故事對不對？」

「啊？」夏春秋愣愣地發出一個單音。

「小葉，不要這樣子，小夏不是故意的。」林綾柔聲勸道。

「明明大家都講鬼故事，就只有他一個不合群！」葉心恬不滿地噘起紅潤的嘴唇，又瞪了夏春秋一記。

「對當時的春秋來講，那的確是一個恐怖故事沒錯。」左容的聲音再次褪去了溫度，恢復成往常的淡漠。

待在床上的左易若有所思地看了她一眼，沒說什麼地將身子縮了回去。

就在葉心恬忿忿不平地抬起下巴，準備與左容針鋒相對之際，花忍冬突然將食指豎在嘴唇前方，發出輕輕的噓聲。

「安靜，外面好像有聲音。」他一邊示意林綾安撫住葉心恬，一邊小心翼翼地盯著門口方向。從門縫望出去，可以隱隱瞧見走廊天花板投下來的昏黃燈光。

房間瞬間陷入寂靜，夏春秋緊張地繃起肩膀，學著歐陽明豎起耳朵，努力傾聽門外的聲音。

「有歌聲。」左容眉毛微微擰起，修長的手指很快將最後一根蠟燭燭火捏熄，室內頓時被一片幽暗籠罩。

黑暗中，人的感官會突然變得敏銳，就算是極淺的呼吸聲，這時都變得格外清晰。夏春秋此時聽見一陣腳步聲由遠而近傳來，啪噠啪噠，在走廊上敲出清楚的聲音，隨著這聲音響起的，還有一道沙啞含糊的歌聲。那是屬於女性的聲音。

我等著你回來，我等著你回來。我想著你回來，我想著你回來。

等你回來，讓我開懷；等你回來，給我關懷……

這麼晚了，是誰在唱歌？夏春秋屏著呼吸，兩隻手握得緊緊的，大氣不敢吭一聲。滿室幽暗中，他瞧不見其他人的表情，腦海裡像是被那首飄忽的歌填得滿滿的。

你爲什麼不回來，你爲什麼不回來，我要等你回來，我要等你回來……

慢吞吞的腳步在經過房門口時忽然停下，歌聲頓時停滯了，隨即，夏春秋聽見輕輕的敲門聲響起。

「應該是藍姊在巡房。」

壓得極低的嗓音湊在耳邊，夏春秋身體反射性一顫，連忙用右手摀住險些脫口而出的驚叫。

「……花花？」夏春秋小心翼翼地用氣聲詢問，換來了噓的一聲。

沉悶的咚咚聲響了幾次之後便宣告結束，啪噠啪噠的腳步聲再次慢悠悠移動，帶著懷舊色彩的老歌拖著緩長的節奏，迴盪在安靜的走廊上。

我等著你回來，我等著你回來。我想著你回來，我想著你回來。

你爲什麼不回來，你爲什麼不回來，我要等你回來，我要等你回來……

歌聲越飄越遠，直到從走廊中完全消失後，夏春秋聽見好幾人同時鬆了一口氣，窸窸窣窣的說話聲緊接著響起。

「那個，誰可以開一下電燈啊？人家的腳麻掉了。」花忍冬哼哼唧唧地嚷道。

夏春秋本來想要爬起，畢竟這是他的寢室，在黑暗中論起熟悉度，應該比其他人好一些。不過，就在他想要撐起身子的時候，一道細微的腳步聲滑過耳邊。

啪的一聲，房間的幽暗被全數驅離，還給一室光明。

瞬間接觸到光線的眼睛反射性瞇起，夏春秋抬起手擋在眼前，藉著手指的縫隙，隱約看見一道高瘦身影正緩緩走回他旁邊坐下。

啊，是左容。夏春秋忍不住多瞧了她幾眼，有些佩服她在黑暗中的敏捷與行動力。

似乎察覺到他的注視，左容轉過頭，冷澈的黑色眼睛像是在詢問。

「半夜聽到歌聲，而、而且還是那種懷舊老歌，我有點嚇到。」夏春秋尷尬地撓撓頭髮，不知不覺將心底話說出來。

「是嗎？我也被嚇到了。」左容淡淡回應，似乎不覺得自己說出來的內容和表情完全不諧調。

聽見這句話，左易充滿鄙夷的冷哼從上方傳了出來。

「那個，雖然我不覺得左容有被嚇到，不過……」歐陽明一臉茫然地看著夏春秋，又看向了花忍冬，「你們知道那是誰的歌嗎？」

「是白光唱的『等著你回來』。」林綾恬淡地彎出一抹笑。

「歌、歌詞聽起來還不錯，但我們宿舍裡有叫白光的人嗎？藍姊不是姓藍嗎？」葉心恬揪著林綾的袖子，不高興地抱怨著，顯然她誤會了林綾的解釋。

這句質問一出，葉心恬就發現有好幾個人神色古怪地看著自己。

「怎麼了，我有說錯話嗎？」她挺起胸膛，一雙美眸瞪得大大的。

「小葉，白光是四〇年代的歌手，已經去世很久了。」林綾伸出手揉了揉葉心恬柔軟的頭髮，笑著解釋。

「如果剛剛唱歌的人是白光，哎呀，那就驚悚了。」花忍冬似笑非笑地睇了一眼過去，換來葉心恬生氣地鼓起腮幫子。

「不過花花，你怎麼知道剛剛是藍姊在巡房？」夏春秋問出了心底的問題。

「這個嘛，好幾次經過藍姊房間時，人家都聽到她放這首歌，而且她有時候會在半夜巡房。最重要的一點，宿舍僅有的三個女學生都在這裡，除了藍姊，人家還真想不出有誰會在外面唱歌。」花忍冬一隻手托著臉頰，笑盈盈地說道。

「原來是藍姊在唱歌，嚇了我——」注意到其他人投過來的視線，葉心恬頓時露出舌頭像被咬到的表情，「什、什麼嘛，我才沒有嚇到，我只是……只是覺得吃驚而已。」

「誰管你們有沒有被嚇到。」左易不耐煩的聲音砸落下來，「鬼故事講完可以滾了吧？老子要睡覺！」

寢室主人之一的逐客令一下，歐陽明憨笑地抓了抓頭髮，識趣地開口：「都這麼晚了，大家還是快回去睡覺吧，如果又遇到藍姊巡房，就糟糕了。」

「那人家就先走一步啦。」花忍冬朝夏春秋擺擺手，懶洋洋地拖著腳步離去。

「晚安囉，小夏。」林綾牽著一臉不悅的葉心恬，打了招呼後，身影很快消失在門口。

「晚安。」左容點了點頭，腳步輕巧地走出房間。

「小夏，明天早上見喔。」歐陽明邊收拾蠟燭碟子，邊站起身子，不過走了幾步之後，忽然轉過圓滾滾的身子，對夏春秋說道，「對了，謝謝你邀請我們來講鬼故事，晚安。」

「咦？」夏春秋愕然地張大眼，一股詭異的違和感正噗滋噗滋地從心裡冒出來。

他什麼時候邀請歐陽他們來房間講鬼故事的？分明就是……

回想起歐陽明方才毫不掩飾的高興表情，夏春秋嚥了嚥口水、搓搓雙臂，不敢再繼續思考下去。

第四章

天才濛濛亮，咚咚咚的敲門聲已在房外響起。

縮在被窩裡的夏春秋翻了個身，發出一聲低鳴，隨即又昏昏沉沉地陷入夢鄉。昨天晚上開始，他就翻來翻去的，睡不太著，只要一閉上眼睛，就會忍不住猜想，發起鬼故事聚會的人……究竟是誰？

折騰大半夜之後，好不容易將腦袋裡亂七八糟的東西趕跑，沉沉睡去，然而有節奏的敲門聲卻不死心地滲入聽覺神經。就在夏春秋愛睏地掀開眼皮，一聲巨響猛地在房內炸開。

砰！

伴隨物體落地聲響起的，是左易沙啞粗暴的低吼。

「老子在睡覺，吵個屁啊！」

夏春秋心臟一跳，反射性坐直身體，一雙承載著驚愣的眸子慌張地四處察看，下一秒，躺在門前的鬧鐘殘骸映入眼底。

就算夏春秋再怎麼貪戀被窩裡的溫暖，此刻神智也已被嚇得瞬間清醒，他小心翼翼地嚥了嚥口水，不敢發出一絲聲響地爬下樓梯。

室友的起床氣可怕到讓夏春秋大氣不敢吭一聲，輕手輕腳地套上室內拖鞋，先將被左易砸壞的鬧鐘撥到一旁，接著動作輕緩地轉開門把。

房門一吋吋被拉開，躍入眼簾的是花忍冬清爽的微笑，以及呵欠連連的歐陽明。

「早安，小夏。」花忍冬笑咪咪地打著招呼，一雙細長的眼瞄了瞄地板，一抹戲謔隨即滑過眼底。

「早、早安……」夏春秋尷尬地撓撓頭髮，不知該怎麼解釋地上的鬧鐘殘骸。

「小夏，呼啊……早安。」歐陽明撐開快要閉成一條線的眼睛，圓胖的臉孔堆出傻乎乎的笑，「花花說天氣很好，所以，呼啊……所以，我們去爬山吧。」

「現在？」夏春秋瞪圓了眼，微微側過頭，眼角餘光瞥見仍舊半亮不亮的中庭，「不、不會太早嗎？」

「這個時間空氣很清新喔，而且可以吸收足夠的芬多精。」溫婉帶笑的嗓音插了進來，一張秀雅白淨的臉龐從花忍冬身旁探出。

先前因為門口擠著歐陽明與花忍冬，所以夏春秋在開門時沒有發現林綾的存在。

夏春秋一看見梳理得乾乾淨淨的林綾，頓時發出不知所措的低叫，手忙腳亂地想要壓平自己亂翹的頭髮，「早早早早安！」

「小夏，我跟花花他們要去爬山，你要不要一起來？」林綾輕笑問道，粉色嘴唇彎出一抹柔和弧度。

夏春秋回頭瞧了瞧仍躺在床上的左易，思索兩秒後，在舌尖打轉的問題很快收了回來。總覺得詢問左易要不要去爬山的下場，有極大可能換來第二個鬧鐘砸下來，光想像就好可怕。

「小夏？」林綾遞出了一記探問的視線。

「等、等我五分鐘，我先去刷牙。」

夏春秋拋下這句話，便急忙忙抓起盥洗用具衝出去，迅速完成刷牙洗臉的動作後再跑回寢室，換下身上壓出痕跡的睡衣。

從換好衣服到打點完儀容，夏春秋總共花了五分鐘，不多也不少，讓靠在走廊牆壁等候的花忍冬三人露出訝異的表情。

「小夏，你的動作也未免太快了。」花忍冬摸摸下巴，微傾著上半身湊近夏春秋，一雙瞇細的眼忍不住上上下下打量一番，「保濕凝露擦了嗎？乳液呢？防曬有沒有做？」

夏春秋被連番追問釘在原地，只能反射性搖了搖頭。

「花花，你以為每個人都像你一樣，每次出門前都要花上半小時保養？」歐陽明拍拍圓滾滾的臉頰，總算讓自己清醒過來。

「呼呼，年輕時本來就要多保養嘛，尤其是女孩子，更是不可以偷懶。」花忍冬掩嘴笑了笑。

「這句話聽起來，好像我們都不年輕了呢。」林綾微笑地注視著花忍冬。

「呃，怎麼會呢？」花忍冬臉上笑意不減，但背脊微微僵了僵，和林綾深邃的眼瞳對視幾秒後，宣告敗陣。

「走吧，小夏。」林綾隱在鏡片後的眼眸泛起一抹愉快，率先朝大門方向邁出步伐。

「小葉沒有要去嗎？」夏春秋走了幾步，突然想起常常黏在林綾身邊的明媚少女。

「她啊，不太喜歡早起。」林綾露出了傷腦筋的表情，「這個習慣在開學之前得改掉才行，不然一定會遲到的。」

□

「哈啾！」抱著馬克杯坐在餐桌前的葉心恬打了個小小的噴嚏，她吸了吸鼻子，一雙漂亮的大眼瞅著牆上的時鐘。

八點十分，距離林綾外出已經過了兩個多小時。

葉心恬此刻待著的廚房，位於樓梯旁，離一○一寢只有一小段距離。不過由於歐陽明他們一早就去爬山，廚房裡只有兩個人。

「衣服穿太少了。」坐在對桌看著報紙的藍姊抬起頭，眉毛微微挑起，以不耐煩的口氣說道，「還有，牛奶是讓妳喝，不是讓妳看的。妳要抱著杯子到什麼時候？」

「這個牛奶的味道我不喜歡。」葉心恬噘著紅潤的嘴唇，發出不高興的哼聲，「我們家不喝這一牌的。」

「不喜歡就不要喝，我有強迫妳嗎？」藍姊說完這句話後，繼續專心盯著報紙，好似上面的文字遠比面前的學生好看太多。

葉心恬鼓起腮幫子，如同生悶氣般別過頭。

「不行喔，學妹，早餐不可以偏食。」

一道溫文嗓音如水流般響起，葉心恬向後一看，頓時發現穿著條紋襯衫的宿舍長站在門口，那張俊雅的臉孔正掛著一副和善的笑容。

葉心恬的腦海裡很快就搜索到關於對方的資料，那是三年級的孟齊學長，也是整棟宿舍唯一沒有回家過暑假的舊生。

「早安，藍姊，今天的早餐是？」孟齊一邊拉開椅子坐下，一邊問著女舍監。

「牛奶加吐司，外加餐前水果，蘋果一顆。」藍姊將桌上的盤子推過去，隨即站起身來，從冰箱又拿了一瓶牛奶出來，「我有事去村子一趟，宿舍就交給你了。」

「村子？」孟齊單手拿著蘋果，另一隻手則是握著水果刀，俐落地削起皮來。

葉心恬注意到孟齊拿刀的姿勢很優雅，修長的手指像在舞動，忍不住一時看得入迷。

「啊，花忍冬那個小鬼把玻璃窗打破了，現在只靠膠帶勉強補起來。」藍姊唇角勾起不善的弧度，「乾脆把二樓交誼廳的窗戶全部打掉重換。玻璃嘛，就叫花忍冬搬上來好了，費用當然也算在他頭上。」

「這樣會不會太殘忍了，藍姊？」孟齊哭笑不得。

「如果你的門板被那個小鬼拆掉的話，你就不覺得殘忍了。」將報紙夾在臂彎處，藍姊陰森森地拋下話就離開廚房。

「學長，舍監可以這樣濫用職權嗎？」葉心恬伸著脖子看向走廊，確定藍姊的身影已消失在視線範圍後，才問出這一句話。

「藍姊的脾氣雖然古怪了點，不過對我們住宿生十分照顧。」孟齊微微一笑，將一瓣蘋果分給葉心恬。

「……我可不覺得她有多照顧人。」葉心恬接過宿舍長的愛心，小聲咕噥著。想到從入宿到現在，藍姊每次看見她時，都是一副不耐煩的表情。

孟齊似乎沒聽見那壓得極低的抱怨，以溫文的嗓音緩緩敘述起綠野宿舍的歷史。

「學妹，妳也知道綠野高中位置偏遠，學生都是以本地人爲主。像我們這樣的外地生比較稀少，所以學校只蓋了一間宿舍，採取男女合宿制。」

「這個我當然知道。」葉心恬沒好氣地皺了皺俏鼻。

「那妳一定不知道，綠野宿舍當初是沒有舍監的，直到半年前爲止。」

聽見這句話，葉心恬訝異地瞠大眼，那雙明媚的眸子映出孟齊沉穩的表情。

「因爲學校太偏僻，自然沒人想從外縣市調過來當舍監，就連警衛也是靠村子裡的人輪流值班，不過眞正會過來的沒幾個人，畢竟這座村子太祥和了，從來沒發生過什麼大事。」

建於大門口的警衛室頓時閃過葉心恬腦海，她忍不住蹙起兩道秀氣的眉毛，裝飾性大於實用性的警衛室，也是她對這所學校的不滿之一。

「那晚上的宿舍怎麼辦，不怕有人偷跑嗎？」

「就算跑出去，也不知道可以去哪裡晃。晚上九點不到，綠野村的店家就關門了。想離開村子去外縣市，也得靠公車才行，但是晚上沒有公車可搭。」孟齊推了推微微滑落的無框眼鏡，感慨地說道。

「學長曾偷跑過？」葉心恬從對方的情緒捕捉到細微的訊息，雖然是在詢問，但句子裡已蘊含了肯定的味道。

「學妹妳眞是敏銳。」孟齊尷尬一笑，斯文的臉龐浮現出對往日的緬懷之情，「那時候壓力比較大，曾試著偷跑，不過才剛剛下了山，就被路過的村人察覺意圖，將我帶回學校。小村子的好處就是互動性高，一點風吹草動就會傳得全村的人都知道。」

「從後山偷跑不就不會被發現了？」葉心恬不以爲然地說道。

「我可沒膽子從後山偷跑，那得經過滿山的墳墓啊。」

孟齊苦笑地嘆了口氣，似乎想到什麼，一雙溫文的眼眸半眯了起來。

「學校一開始是請老師們輪流留守宿舍，但白天要上課、晚上要巡房，時間久了，老師們覺得工作量過大，強烈要求學校聘請專業舍監。再加上之前曾發生那件事……」

「什麼事？」葉心恬挑高細緻的眉，出聲詢問。

「後來是眞的有學生逃離宿舍，學校迫於壓力，才聘請了舍監。」

「所以，藍姊是綠野宿舍的第一位正式舍監。」葉心恬眨了眨明媚的眼眸，做出結論。

「是的。」孟齊點點頭。

「眞是不幸。」這一次，葉心恬將聲音含在嘴巴裡，咕咕噥噥的，不讓孟齊聽見。

「學妹，妳剛有說什麼嗎？」孟齊狐疑地望去，卻見著那張美麗的臉孔擺出無辜表情。

「喔，沒有，我只是想問問，學長爲什麼不回家？留在宿舍裡很無聊吧。」葉心恬若無其事地轉移話題。

「這個……」孟齊有些尷尬地笑了下，「待在宿舍比較自由，不會讓我喘不過氣，而且也可以專心在預習上。」

「學長的父母很嚴厲嗎？」葉心恬敏銳地察覺出他話裡的壓抑。

「做父母的，自然都是望子成龍。」孟齊用了個迂迴的說法，臉上的笑容卻漸漸變成了苦笑。

葉心恬沒有再細問，一是她跟孟齊不熟，自然沒有深究的打算；二是這短短的一句話，已經透露出很多訊息。

可以當上宿舍長的學生，自然被要求品學兼優，孟齊給人的感覺就是溫文儒雅、深受師長喜愛的優等生，而這樣的他卻寧可留在宿舍兩個月，也不願回家過暑假陪陪家人……

「學長眞是辛苦呢。」葉心恬對孟齊一笑，如花般絢爛的笑容隱去句子裡的漫不經心。

孟齊早就知道這個一年級的學妹極爲漂亮，卻沒想到她笑起來竟嬌艷得讓人移不開眼，他不禁看怔了，想留下來與葉心恬多說幾句話，卻見她捧著馬克杯，小口小口地喝起牛奶，視線不再往他看來，像是沒有再開口的欲望。

孟齊在原地待了一會兒，最後還是端起自己的早餐走出廚房。

葉心恬用眼角覷過去，判斷出對方是往交誼廳的方向移動，或許是要去看電視吧？不過葉心恬一點也不喜歡宿舍裡的電視。不只沒有第四台，而且外形又舊又小，她幾乎要忍不住懷疑，那其實是從垃圾場撿回來的。

「下次請爹地捐幾台液晶電視好了。」葉心恬苦著一張小臉，嚥下最後一口牛奶，抬頭看了看僅剩她一人的餐廳，忍不住有點兒後悔自己太貪睡。

「不知道林綾去哪裡了，如果能早點回來陪我就好了……」

□

蒼綠的葉片在上方層層交疊，將頭頂上的蔚藍色天空阻隔在外，卻無法阻止燦金陽光穿透樹葉的縫隙，在地上灑滿一片金紋。

清新乾淨的空氣竄入鼻中，讓人忍不住想好好伸個懶腰，做個深呼吸，然而斷斷續續的喘氣聲卻煞風景地打破山上的寧靜，也引得站在欄杆前眺望風景的兩人回過頭。

頂著一張秀氣的臉孔，花忍冬掩著嘴，一雙彎起的眼似笑非笑的。

「哎呀呀，小夏，你的體力眞糟糕，這樣子怎麼交女朋友啊？」

「我、我的體力差，跟交女朋友有什麼關係？」待在樹下的夏春秋滿臉困惑地抬起頭，兩隻手還不停搥著有些發痠的雙腳。

「這樣就不能幫女孩子拿書包，也不能代替女孩子去參加運動會了。」同樣坐在樹下休息的歐陽明用手搧了搧風。

「歐陽，你確定你說的不是傭人嗎？」花忍冬滿臉黑線。本來想調侃夏春秋，沒想到室友竟然自己先爆料。

「不會啊，我幫女生做這些事的時候，她們都會給我餅乾糖果。」歐陽明笑呵呵說道，從口袋裡拿出一根棒棒糖，靈活地拆開包裝。

「眞、眞的嗎？」夏春秋張大眼，掩不住期待的視線先是滑向歐陽明，又看向花忍冬。

「不要聽歐陽亂講話。」戴著眼鏡、紮著辮子的林綾，將略微過長的劉海撥到一旁，轉過身來，纖細的身體靠著欄杆，「那只是特例，不是每個人都這樣的。」

「喔……」夏春秋有些失望地垮下肩膀。他本來想說，如果幫女孩子做這些事，就可以將得到的糖果餅乾拿給夏蘿了。

「小夏、歐陽，不要一直坐在樹下，過來這邊。」林綾微笑地招著手。

「你們都、都不會累嗎？」夏春秋搖搖晃晃地站起身，順手抹去額上的汗水。爬了一個多小時的山，雖然花費那麼多時間，是因爲他們有些迷路，在崎嶇不平的山路上徘徊，不過這一趟走下來，實在讓他大喊吃不消。

夏春秋沒有料到，四人之中體力最差的竟然是自己。先不管擁有怪力的花忍冬，就連看似文弱的林綾也一口氣都沒喘，白皙的皮膚上還看不到汗水……原來這年頭的女孩了，身體都練得那麼強壯啊？

「小夏，不要胡思亂想喔。」林綾的視線彷彿可以看透人心。

「沒沒沒，我絕對沒有在想妳身體很強壯的事。」夏春秋緊張地搖搖手，卻反而將心裡的話全數倒了出來。

花忍冬發出咯咯的輕笑，一雙狐狸眼饒有興味地移向林綾。咬著棒棒糖的歐陽明嗆了一下，連忙將糖果從嘴巴裡拿出來，彎著身咳來咳去。

「沒關係，身體強壯是好事，這代表我很健康。」林綾笑容不減地回答，「總比擁有怪力去拆掉別人的門板好一些，對吧，花花？」

花忍冬立即斂去唇邊幸災樂禍的笑，擺出一副無辜的表情。

「林綾，妳說的話太深奧了，這種時候還是不要講太複雜的事情。妳看，小夏都一臉茫然了。」

「不，我……」夏春秋想要申明一下，他剛剛只是在思考花忍冬拆掉的究竟是誰的門板，並不是聽不懂林綾說的話。

然而花忍冬卻沒有給他回答的機會，一把抓著他的手腕，將他帶到身邊，「來來，小夏，來到這邊如果不看看風景就太浪費了。」

被強拉到欄杆前，夏春秋將兩隻手撐在上頭，探出上半身向山下望去。一覽無遺的視野讓他不費力便可看清在山腰處的學校，就連更下方的村子也同樣看得清清楚楚。

所有建築物像是變成了夏蘿常玩的積木一般，小巧可愛。

夏春秋可以看見縮成米粒小的車子駛過蜿蜒的道路，青蔥的稻田如同棋盤，一格一格地劃出了分界線。

「小夏，給你看個有趣的東西。」歐陽明也湊過來，伸出短胖的手指比著下方，「哪哪，我們的宿舍是不是在那裡？」

夏春秋拉回視線，很快地搜尋到宿舍位置。他點了點頭，眼角朝歐陽明投出一記疑問的目光。

「哎，你再看仔細一點。」那張圓嘟嘟的臉露出興奮笑容，極欲分享他的新發現，「你不覺得我們宿舍的形狀很像什麼嗎？」

「像什麼？」夏春秋困惑地瞇起眼睛打量。那個形狀，那個輪廓……

「八、八卦！」夏春秋訝異地瞪大眼，不敢置信地將身子探出去更多，上半身幾乎懸掛在欄杆上。

「歐陽你不說，我倒是沒注意到。」花忍冬饒有興味地彎起眼，一手扯住夏春秋的衣領，以免對方摔出去，一隻手則是放在前額上，做出眺望的姿態。

「聽說宿舍蓋成八卦狀是爲了……」林綾的聲音輕緩，細白的手指豎在唇邊。

「是爲了？」三個少年同時轉過頭，看著在場的唯一女性。

「鎮壓不乾淨的東西喔。」林綾柔軟的嘴唇揚起弧度，幽黑深邃的眼睛透著一股無法解讀的神祕，「你們難道沒發現嗎？這座山的背後，有著一大片墓地。」

第五章

吃完早餐後，葉心恬一個人無聊地在宿舍轉來轉去，不時可以聽見交誼廳那邊傳來的電視聲，顯然孟齊還待在那裡。

葉心恬惆悵地看著玻璃窗上倒映著的身影，將額頭輕輕抵上去。

林綾等人一早就離開宿舍，留她一個人閒得發慌。

「眞是無聊的地方，早知道就不要聽爹地的話來鄉下休養了……」葉心恬嘟著嘴唇，不高興地踢著地板。

她一邊發出低不可聞的抱怨，一邊看著地上走路，一想到在開學前都要過著這種悶到發慌的生活，細緻的眉毛就忍不住越皺越緊。一直沉浸在思緒裡的她沒有注意到，迎面正走來一道修長身影。

在完全不設防的情況下，葉心恬頓時和那人撞在一起。

「痛！」她發出一聲吃痛的悶哼，按著微微發紅的鼻子抬起頭來，卻發現自己的視線落在對方的胸膛上。再將視線往上移，一張中性俊美的臉龐頓時落入眼底。

「妳、妳走路不看路啊？」一見那人毫無起伏的表情，葉心恬忍不住鼓起腮幫子，不滿地指責。

「是妳撞到我。」左容冷淡地看了她一眼，「走路的時候不要低著頭。」

葉心恬氣惱地哼了一聲，就是不想承認是自己的錯。

「借過。」左容不只神色漠然，就連聲音也不帶起伏。

「走廊那麼寬，妳不會繞過去喔？」葉心恬賭氣地回了一句。她原本說的只是氣話，但是看到左容面無表情地從旁邊繞過去時，忍不住侷促地喚住對方，「等、等一下！」

左容停下腳步，轉頭看著她，遞出一記「有事快說」的眼神。

「唔……」葉心恬咬著嘴唇，細白的手指絞在一起，猶豫數秒後，有些心不甘、情不願地開口，「剛剛是我不對，走路心不在焉，才會撞到妳。不過妳……妳其實可以先避開的，這樣就不會撞在一起了。」

「我下次會避開。」左容點了下頭，隨即再次邁開步伐。她走路的速度不疾不緩，透出悠閒懶散的氛圍。

「等一下！」眼見對方眞的頭也不回地離開，葉心恬連忙又喚了一聲。

「還有什麼事嗎？」

「那個，妳要不要來我房間聊天……嗯，我的零食太多，一個人也吃不完。」葉心恬彆扭問道。現在宿舍裡只剩下她跟左容兩個女生，就趁這個時候勉強和對方培養一下感情，免得林綾老說她不合群。

「……抱歉，我不愛吃零食。」或許是葉心恬眼裡的期待太明顯，左容在遲疑數秒後，還是出言婉拒。

看著那道修長背影消失在視線範圍，葉心恬忍不住惱怒地跺著腳，忿忿地對著不在身邊的室友抗議。

「明明最不合群的就是她，林綾妳竟然還敢說是我！」

不滿地朝左容離去的方向又看了一眼，葉心恬迅速轉回頭，邁出重重的步子，朝通往中庭的側門走去。

一推開那扇半掩的門扉，淡金色陽光就落進眼裡，讓她反射性抬起手放在前額，遮擋住對她來說稍顯刺眼的光線，

漂亮的杏眼瞇成細細的縫，葉心恬左右瞧了瞧四散著繁多植物的庭院，最後腳跟一旋，走向涼亭。

她攏了攏長長的鬈髮後坐上石椅，發出一聲苦悶的嘆息。

「真是無聊到極點的地方……」看著除了綠色還是綠色的中庭，葉心恬從來沒有這麼討厭這個顏色。

交通不方便的村子、沒有警衛的大門、設備簡陋的宿舍，對於過慣優渥生活的葉心恬來

說，這裡簡直就像一座牢籠，讓她除了煩悶還是煩悶。

懶洋洋地托著臉頰，葉心恬百無聊賴地移動視線，涼亭邊的荷花池偶爾會濺起一小朵水花，那是池子裡的鯉魚游動時產生的，卻引不起她一點興趣。

「鄉下就是這樣，連鯉魚都醜兮兮的。」葉心恬沒好氣地撇撇嘴，一雙明媚美眸漫不經心地望向荷花池後方，下一秒頓時亮了起來。

在那座池子後方有一棵枝葉茂盛的樹木，葉片呈偶數羽狀，樹上綻開一朵朵淡黃色蝶形花。而那些繁複的樹葉就像寬廣的頂蓋，拉出一片陰涼的樹蔭，將陽光隔絕在外。

比起還有些許光線照進來的亭子，葉心恬對於那處涼爽的地方更感興趣。她撫了撫有些縐摺的裙子，從石椅上站起。

正當她要往那個方向走去時，一顆滾動的紅色皮球忽地滑過她的眼角，在草地上壓出淺淺的痕跡，直到撞上涼亭石階才停下。

葉心恬納悶地撿起皮球，四處望了望，想要尋找皮球的主人。

就在這時，清脆的童音劃破了庭院裡的寂靜。

「大姊姊，可不可以把球還給我？」

葉心恬反射性順著聲源轉過頭，看見一名留著齊肩黑髮的小女生站在門邊，黑色大眼睛正瞬也不瞬地瞅著自己。

小女孩膚色蒼白，看起來鮮少曬太陽，襯得穿在她身上的紅色小洋裝更加鮮豔。

「大姊姊，那是我的球。」小女生又說了一次，稚氣的聲音透出堅持，「還給我。」

葉心恬不悅地蹙起眉，壓下了「真沒禮貌」、「自己的球不會自己撿」等念頭，板著一張臉走向小女生。

「這裡是學校宿舍，誰准許妳跑進來玩的？」一向嬌軟的嗓音低了幾個音階，刻意表現出嚴厲，葉心恬彎下身與小女生平視，眉眼之間流露出濃濃的質問。

穿著紅色洋裝的小女生睜著大大的眼睛，有些蒼白的嘴唇忽地彎起，露出細白的牙齒。

「是它讓我進來玩的啊。」她笑嘻嘻地說道，短短的手指比向自己身後。

「啊？」順著手指的方向看去，葉心恬只看到空無一人的走廊，忍不住擰起眉毛。

趁著葉心恬瞬間出現的空隙，小女生突然伸出手，一把搶走被她抱在懷裡的皮球，然後頭也不回地跑進宿舍裡，紅色小皮鞋在安靜的走廊上敲出回音。

「喂，妳，等等！」看著空空的雙手，葉心恬先是愣了一下，但很快反應過來，氣急敗壞地追上去。

紅色裙角輕巧滑過眼前，明明對方個子嬌小，但葉心恬卻總是和她差了幾步距離，沒有拉長，也沒有縮短。

「可惡！妳給我停下來！」葉心恬氣呼呼地喊道。

原本以為穿著紅洋裝的小女生會繼續往前跑，沒想到下一秒卻突然停下，轉過身子、面向葉心恬。

「大姊姊，為了謝謝妳幫我撿球，我告訴妳一件事吧。」小女生抱著皮球，鑲在小臉上的眼睛濃黑得不可思議，「你們這裡，住著一個很可怕的人。」

「什麼可怕的人，妳少在那邊胡說八道了。」葉心恬皺眉向前走了幾步，「乖乖站在那邊，不許亂跑。」

「小心一些喔，大姊姊。」瞧著一臉不悅的葉心恬，小女生咯咯笑了起來，踩著紅色的小皮鞋朝走廊轉角跑去。

「不許跑！」葉心恬氣惱極了，覺得自己居然被一個身高不到她腰間的小女生看輕，當下決定要將對方抓起來，好好訓斥一頓。

她加快奔跑的速度，順著走廊方向追上去，就在她準備彎過轉角之際，一道身影也正匆匆忙忙往這裡走來。完全沒有防備的兩人在察覺到對方的存在時，已撞成一團。

砰的一聲悶響，葉心恬按著發疼的額頭，慘兮兮地跌坐在地，眼淚差點流了出來。

「可惡，是誰走路不看路！」一連兩次和人在走廊上對撞，葉心恬又氣又委屈，口氣頓時再差上幾分。

「在走廊上奔跑的人有資格這樣說嗎？」藍姊沉著臉色站起身，看著狼狽坐在地上的葉心恬，不禁皺了一下眉。

「藍……藍姊？」葉心恬結結巴巴地喊著，像做錯事的小孩般感到難爲情。看到藍姊朝她伸出手後，躊躇了幾秒，最後還是借助對方的幫助，撐起因爲跌倒而發疼的身子。

「下次不要在走廊上奔跑。」確認葉心恬身上只有一些小瘀青後，藍姊沒好氣地拋下話，從她身邊繞過去。

「我、我又不是故意在走廊上奔跑的，是有人隨便跑進宿舍，我是爲了追她才會……」葉心恬噘著嘴，原本理直氣壯的聲音在看見藍姊匪夷所思的眼神後，逐漸轉小。

「剛剛過來的路上，我可是一個人都沒看到。小葉，妳到底在追誰？」

藍姊的反問不斷在葉心恬腦海裡重複播放，她魂不守舍地回到寢室，抱著膝蓋縮在床上，明媚的臉龐現在一片慘白。

那個穿紅洋裝的小女孩，眞的存在嗎？還是她的一場幻覺？葉心恬將食指放到嘴唇前，煩躁地咬著指甲，但沒過一會兒，她又像受到驚嚇地放下手指。

咬指甲不是一個好習慣，尤其是她從小就被教導要注重禮儀，絕對不可以做出不符身分的小動作。

「沒事的、沒事的。」葉心恬深呼吸幾口氣，兩隻手攢得緊緊的，替自己加油打氣，

「一定是那個小女孩先躲進其他空房，趁藍姊經過後才偷偷溜走……沒錯，一定是這樣！」

葉心恬閉上眼睛，將宿舍平面圖勾勒在腦海裡，仔細思索，如同要爲自己打強心針般，做出結論。

越想她就覺得這個可能性越高，繃得緊緊的小臉也放緩不少。再次做了個深呼吸，她輕輕鬆開手，讓身體不再那麼緊繃。

就在這時，熟悉的溫婉嗓音突然響起。

「小葉，我回來了。」

葉心恬如同聽到天籟般，眼裡的光芒蹭地亮了起來，忙不迭趴到床邊由上往下看。

綁著一條辮子的文靜少女彷彿心有所感，恰恰抬起頭來，與葉心恬對上視線，鏡片後的眸子瀰漫著一層憂心。

「聽藍姊說妳沒有吃午飯，是不是哪裡不舒服？」

「林綾……」葉心恬可憐兮兮地喊了一聲，眼眶漸漸紅了起來。

對旁人而言，這是一句再尋常不過的關心，但落在葉心恬耳裡，卻覺得又暖又酸，既窩心林綾對她的關懷，同時也對於自己上午的遭遇感到委屈。

「怎麼了，出了什麼事？」林綾踩上樓梯，輕巧地爬上葉心恬的床鋪。

「我……」葉心恬縮在林綾身邊，將腦袋靠在她的肩膀上。

「嗯？」林綾神色恬淡，也不催促，只是一下下拍著葉心恬的背。輕柔的動作像是順著貓咪的毛似的，葉心恬本來躁動的心，頓時奇異地被安撫下來。

「沒什麼，就是自己一個人覺得很悶。」葉心恬本想將宿舍裡出現小女孩的事說出來，但話到了嘴邊卻變作略帶撒嬌的抱怨。

「誰教妳貪睡。」林綾輕彈了葉心恬的額頭，「明天早點起床跟我們去爬山吧，山上空氣很好，風景也很美，值得妳去看一看的。」

「爬山喔。」葉心恬不情願地癟了下嘴，「這樣不就會滿身大汗了嗎？」

「我的大小姐，妳得鍛鍊一下體力了，不然怎麼陪著我一起四處走走呢？」

「既然妳都這樣拜託我了，」葉心恬抬起腦袋、直起身子，擺出一副「真拿妳沒辦法」的表情，「我只好捨命陪君子。」

「是、是，謝大小姐隆恩。」林綾失笑地回了一句，見葉心恬理所當然地點點頭，不由得笑得更開心了。

兩個女孩子正窩在床鋪上說著貼心話，忽聽到咚咚咚的敲門聲響起。

林綾進房時並沒有鎖門，她略揚起聲音，對著外頭喊道。

「請進。」

寢室門被推開，從上方可以清楚看見孟齊站在門口，只是他神色有些茫然，像是不解明明聽到了回應，爲什麼卻沒有看到人。

「學妹？」他納悶地走進寢室裡轉了一圈。

「學長，我們在上面。」林綾從床邊探出身，「有什麼事嗎？」

「原來妳們兩人都在。」孟齊往後退了幾步，抬起頭看著上鋪，溫文儒雅的臉孔堆出笑容。

林綾沒有錯過對方看到自己時從眼裡一閃而逝的失落。

「我想問妳們，晚上要不要一起去看螢火蟲？」孟齊的眼睛因爲微笑而瞇起，他問的雖是兩人，卻總是不自覺往那名嬌艷的少女看去。

林綾心細如髮，自然將他的小動作收在眼裡，但她也沒有點破，只是轉過頭看向一旁的葉心恬。

「林綾去我就去。」葉心恬嬌軟地說了一句，仍舊像沒骨頭般地靠在林綾身上。

「妳喔。」林綾捏了捏她的臉頰，隨即將視線重新移回孟齊身上，「學長打算幾點出發呢？我好去跟花花他們說一下。」

孟齊被她這句話說得一愣，直到林綾輕柔又略帶疑問的「學長」兩字響起，他才回過神，有些不自然地說道：「晚上七點。」

「我知道了，謝謝學長的邀請，我們晚上見。」林綾禮貌地向他揮揮手。

畢竟是女孩子的寢室，孟齊也不好多逗留，又看了葉心恬一眼，卻發現她的眼神自始至終都沒有瞟過來，只好悵然若失地離開。

確認房門已經關起，不只隔絕了孟齊的身影，也隔絕他漸漸模糊的腳步聲，林綾這才縮回身子，看著仍舊一副懶洋洋、有氣無力的葉心恬，逗弄般刮刮她的鼻尖。

「學長好像對妳有點意思。」

「是嗎？」葉心恬漫不經心的語氣顯示她根本沒將對方放在心上，「他不是我的菜。」

「那麼，宿舍裡誰才是妳的菜？」林綾似乎覺得這個話題很有趣，繼續問道。

「論長相的話，左易吧，我目前還沒見過比他好看的男生。」葉心恬嘴裡雖然說著誇獎的話，但臉蛋卻皺成一團，像是吃到蒼蠅般不舒服。

「小葉，妳這表情可不像在讚美。」

「那當然。」葉心恬哼哼兩聲，一臉嫌棄的模樣，「他的個性爛透了，誰倒楣才會跟他在一起……」

她話說到一半，忽然緊張地盯著室友，「林綾，妳應該不會想不開吧？」

「怎麼會呢？」林綾微笑著否定了她的猜想，「我喜歡的類型，嗯，現在還不清楚，不過以前的我，似乎喜歡哥哥。」

「咦？真看不出來林綾妳有戀兄情結。」葉心恬吃驚地瞪大杏眼。

「是以前的我。」林綾一心二用，一邊與葉心恬說話，一邊用手機傳訊息。

提前搬進宿舍的高一新生也就七個人，雖然左容性情淡漠、左易個性張狂，不過林綾還是將所有人都拉進了LINE群組裡——除了夏春秋，因爲對方忘記帶手機，還無法加入。現在她正在群組裡詢問花忍冬等人要不要一起去賞螢。

想了想，再補發一條訊息。

「咦咦？要穿制服嗎？」

夏春秋看著臉書上傳來的通知。由於他將手機忘在家裡，自然不清楚LINE群組上的討論內容，因此花忍冬特地在臉書私訊他。

身爲都市小孩，夏春秋至今還沒有看過螢火蟲，對夜間賞螢活動憧憬萬分，只是沒想到花忍冬竟在私訊裡提及眾人約定好要穿制服出門。

「爲什麼？」夏春秋納悶地傳了三個字過去。

「林綾提議的，想說大家都領到了新制服，離開學也還有一段時間，就先穿一下吧。晚點兒見囉，小夏。」花忍冬訊息回覆得很快。

夏春秋回了一個笑臉，對於穿制服一事沒有太大抗拒，只是剛知道時，訝異了一下。

「左易，你、你要去嗎？」他抬頭看向另一邊的床位。

「不去。」半躺在床上的紅髮少年隨意翻著書，連一眼都懶得往夏春秋投過去。

「但是、但是，其他人都會去，左容也要去……」

「干我屁事。你們是抱團的猴子嗎？」左易不耐煩地說道，「還是國小沒畢業的小女生，要手牽手去廁所？」

這句話堪稱毒辣，夏春秋頓時被噎了一下。幸好相處的這幾天算是習慣了左易毫不留情的說話方式，聽聽就算，倒也沒太放在心上。

「那、那，你可以幫我一個忙嗎？」他猶豫了幾秒，還是決定將心裡的話說出來。

「幹嘛？」左易終於施捨一個眼神過來。

「待會兒，我想請你幫我拍、拍我穿制服的照片。」

「真沒想到你這個小矮子那麼自戀。」左易嘲弄地說。

「啊，不是的。」夏春秋紅著臉，「我是想傳照片給妹妹，她一直想看我的新制服。」

「你妹妹？」左易挑著眉，居高臨下地掃視夏春秋。

「嗯！我妹妹又乖又懂事，可愛得不得了。」一說起夏蘿，夏春秋也不結巴了，一雙眼睛閃亮閃亮，「你見到她一定會喜歡的！」

「你這是……在介紹你妹妹給我？」左易的表情有些古怪。

夏春秋一開始還沒有意會過來，認真地點點頭，正想要再繼續描述夏蘿有多麼可愛的時候，終於察覺到左易那句話是什麼意思，當下大驚失色，用力搖搖頭。

「不是，不是那種介紹！我絕對不會讓你對我妹出手的！一根頭髮也不許你碰！」

那副緊張的神情，就好像左易是什麼洪水猛獸。

「你以爲我稀罕嗎？」左易嫌棄地用鼻子哼了一聲，對這個話題已經失去興趣，「一分鐘的時間給你，超過你就自己找別人拍吧。」

「好、好的，我現在就去換。」只要沒有牽涉到自家的寶貝妹妹，夏春秋都是一貫的靦腆。

綠野高中的男生制服是白襯衫、領帶、咖啡色長褲，外加一件與褲子同色系的夏季薄外套。

搬進宿舍的第一天，夏春秋就曾看花忍冬穿過，只是那時他忙著認識新環境、新同學，結果領了制服之後，反而一直沒有機會試穿。

看著鏡子裡換上新制服的自己，夏春秋有點兒開心，也有點兒難爲情。他整了整衣領，沒忘記左易給的時間限制，匆匆忙忙從衣櫃那邊轉出來，走到左易床下。

「我、我換好了。」

「嗯。」左易拿起手機幫他拍了一張全身照，確認沒有糊掉後就直接發出去，「我傳到你臉書上了，自己去抓。」

「謝謝。」夏春秋開心地道謝，眼睛彎彎的。他返回自己的電腦前，將照片轉傳到夏舒雁的臉書，請她再打開給夏蘿看。

處理完事情後，他注意到桌上的時鐘顯示只差一分鐘就要七點，忙不迭換上外出鞋，走到門邊時忍不住又問一句。

「左易，你眞的不去嗎？」

「滾吧。」這一次左易連頭都懶得抬了。

沿著走廊來到宿舍大門口，歡快又吵雜的聲音頓時落入夏春秋耳裡。

「小夏，這裡、這裡！」歐陽明最先發現他，開心地舉起手招了招。

穿上制服後，歐陽明的圓潤感依然不減，胖胖的肚子格外明顯，不過他本人顯然不是很在意，從外套口袋掏出幾顆巧克力塞到夏春秋手裡。

「歐陽，你到底在口袋裡放了多少零食啊？」花忍冬嘖嘖稱奇。

「不多不多，就巧克力、棒棒糖、王子麵，還有雪餅。」歐陽明笑咪咪地說，自己也拆開了一顆巧克力的包裝。

夏春秋的視線忍不住往女孩子那邊溜過去。

綠野高中的女生制服是白襯衫搭米色背心裙，領口繫著蝴蝶結，夏季外套也是咖啡色的，還附有一頂小圓帽，整體設計很是俏麗可愛。

這兩件制服穿在林綾與葉心恬身上，一人如空谷幽蘭，清幽婉約；一人則是明艷得像朵盛綻的牡丹花，各有特色。

但左容卻沒有換上女生制服，反倒做著與夏春秋一樣的打扮，修長的身形讓人想到已開鋒的劍，有一股凜凜之威。

「晚安，春秋。」左容溫和地朝他點了下頭，「你穿制服的樣子眞好看。」

「左容妳也……很、很好看。」夏春秋可以感覺到一股熱氣衝上臉頰，耳朵尖也微微紅了起來。

「哎，咱們穿的都是同一款制服吧。」花忍冬小聲與歐陽明咬耳朵，「左容剛剛可沒說咱們穿這樣很好看。」

「小夏穿起來是滿好看的啊。」歐陽明含著巧克力說道。

室友沒有八卦的潛力，讓花忍冬有些惆悵。

葉心恬看了看氣氛莫名和諧的左容與夏春秋，有些事放在心裡不吐不快，於是拉著林綾的手往花忍冬那邊挪過去，以若無其事的態度開口。

「我跟你說，小夏第一次碰到左容的時候，一眼就認出她是女生了。」

「一眼就認出？」花忍冬一邊端詳著左容中性的俊雅面孔，一邊輕聲與葉心恬竊竊私語，「確定不是因爲肢體上的接觸，才發現眞相之類的嗎？」

以少女漫畫來說，通常是這樣的發展才對。

「不是，兩人之間還隔了一段距離。」葉心恬同樣也用氣聲回答。事實上，與左容有肢體接觸的反而是她。

「小夏眞厲害。」歐陽明一臉佩服。他並沒有意識到這兩人正在說悄悄話，毫不掩飾自己的讚揚語氣，音量自然也沒有刻意壓低。

「咦咦？我做了什麼嗎？」夏春秋被「小夏」兩個字引得轉過頭來，納悶地看著湊在一起的幾個人。

「沒什麼。」林綾溫婉地回以一笑，「我們只是在想小夏你都來了，怎麼還沒有看到孟齊學長呢？」

現在都七點十分了，卻不見孟齊的身影，先前只顧著聊天的幾個人這才後知後覺地東張西望起來。

就在這時，一陣急促的腳步聲從走廊裡傳出來，就見孟齊小跑著來到門口。

「不好意思，讓你們久等了，剛剛在跟家人講電話。」孟齊一邊解釋著遲到的原因，一邊往葉心恬等人的方向看過去，在見到他們身上的衣服時，瞬間愣了下，「嗯？大家怎麼都穿制服？」

「因爲心電感應啊。」花忍冬隨口說了個理由，從口袋裡拿出手機，「學長，你能不能幫咱們拍一張團體照？」

「當然沒問題。」孟齊笑著應允下來，看到其他人也作勢要拿出手機給他時，連忙提出折衷的方法，「用我的拍好了，到時候再傳給你們。」

讓花忍冬等人站在一塊，孟齊開啓手機的相機模式，俐落地拍了幾張照。

夜色下，穿著制服的少年少女露出笑容，美好得像一幅畫。

孟齊的視線總是忍不住在葉心恬身上多停佇一會兒。

「學長、學長，我們要去哪邊看螢火蟲？」歐陽明一臉期待地提問。

孟齊笑而不答，只是用大拇指比向了宿舍後方。順著他的手指看過去，歐陽明等人頓時看見被黑夜籠罩的暗沉後山。

「後、後山？」夏春秋訝異地張大眼。並不是說後山有什麼不好，只是早上才在那邊看到一大堆墓碑，晚上再去，總覺得心裡毛毛的。

看見夏春秋的表情，孟齊一時也有些困惑，想不通學弟怎會突然露出退縮的神色。

察覺到孟齊投來的眼神，夏春秋刮刮臉頰，小小聲說道：「因爲我們今、今天去過後山，在那邊看到一大片墓、墓碑……」

「墓碑？」聽到這句話的葉心恬立即瞪圓了眼睛，細白的手指下意識抓住林綾的衣角，

「不會吧？我們要去那麼可怕的地方賞螢？」

聽見幾個才剛入宿的學弟妹你一言、我一語地討論著，孟齊連忙抬起手，做了個安靜的手勢。看到那幾雙朝自己投過來的眼神，他這才溫和地開口：「放心，我們沒有要到那麼上面的地方，不會經過墓園的。」

「就算不會經過，但感覺還是不舒服啊。」葉心恬噘著嘴唇，將明媚的臉孔轉向一邊，她白天已被嚇過一次，不想再讓自己疑神疑鬼，「如果要去後山才能賞螢，我放棄。」

「學妹……」孟齊露出了傷腦筋的表情。

「學長，」一直很安靜的左容忽然開口，冷澈優美的聲音落在空氣中，「學校裡的生態池旁邊也有螢火蟲出沒。」

「真的？」孟齊探詢地看著左容。他雖然已經要升三年級了，但晚上通常都待在宿舍，並不會刻意到學校裡。

「我昨天經過有看到。」左容淡淡說道。

「搬進宿舍好幾天了，我都還沒將學校全部繞遍，不如我們改去生態池那邊吧。」歐陽明輕擊了下掌，圓胖的臉孔立即透出躍躍欲試的神色，「看完螢火蟲之後，還可以在學校走走。」

「聽起來是個不錯的建議。」林綾恬淡地笑著，似水的眼神望向一邊的葉心恬，「小葉，妳覺得呢？」

「只要不是墓園我都好。」葉心恬抬高尖細的下巴，堅持她的要求。

「好吧、好吧。」孟齊輕輕嘆了口氣，「少數服從多數，那我們就改去學校的生態池。現在兩個兩個一組，全部跟在我身後，不要隨便亂跑喔。」

這句話一落下，葉心恬立刻抓住林綾的衣角；歐陽明、花忍冬是室友，自然走在一塊。至於左容，則是不發一語地站到夏春秋身邊，讓他的心裡頓時一陣緊張。

將手電筒分給幾個學弟妹後，孟齊不疾不徐地領著這幾個高一新鮮人往綠野高中走去，昏黃的光線在黑夜中闢出了數條細細的光道。

由於鄉下光害少，可以清楚看見布滿夜空的星星，因此一群人前進時，不時會聽到幾個人對星空發出讚歎；不然就是被草叢林木裡的吵雜蟲鳴嚇了一跳，響起了短促的驚叫聲——以葉心恬的次數最多。

綠野高中的生態池位於宿舍反方向，途中還得先經過操場。由於暑假沒人整理，操場中央草地上的雜草長得格外茂盛。

賞螢的高峰期雖然是在四、五月，不過八月中仍舊可以看到螢火蟲，只是數量沒有那麼多。

快要接近生態池時，孟齊示意其他人將手電筒關掉，他則是拿出紅色玻璃紙包住自己的手電筒。

「學長，這是要做什麼？」歐陽明不解地問。

「螢火蟲看不見紅光，這樣做對牠們的干擾最小。待會看到螢火蟲，記得要保持安靜，也不要拿出手機拍照。」

幾個大孩子或是點頭、或是輕聲回應，跟在孟齊身後來到校園一隅的生態池邊，越是走近，越是可以清楚聽到水聲潺潺。

生態池裡栽種不少水生植物，池邊則是環繞一圈親水的灌木、喬木，草叢間可以看到星星點點的黃綠色光芒，忽高忽低地飄動著。

那些光點宛如星光閃爍，又像是一盞盞被提著的小燈籠，看得幾個大孩子目不轉睛，大氣也不敢吭一聲，就怕驚擾到牠們。

即使池邊只有數十隻螢火蟲飛舞著，遠遠比不上網路照片拍出來如同星海般的壯觀畫面，但得以親眼目睹，仍讓夏春秋等人十分滿足。

直到離開生態池，他們心裡的興奮勁依然沒有散去，嘰嘰喳喳地熱切討論起來，相約明年五月時，一定要去見識一下滿山滿野的螢光。

幾個人走著走著，又回到了操場這邊。

跑道左側是一座由水泥搭建的司令台，右側是一片枝葉扶疏的樹林，不遠處則是一座頗有年紀的禮堂。

看著那座老舊不已的建築物，歐陽明心裡頓時湧起好奇，連忙跑到孟齊身邊問道：「學長，我們可以去禮堂裡看看嗎？」

「不知道禮堂有沒有上鎖。」孟齊耙了耙頭髮，往那座被夜色籠罩的禮堂看過去，「有興趣的人跟我去看看吧。」

「喔喔，花花，我們一起過去。」歐陽明發出歡呼聲，拽著花忍冬的手臂往禮堂方向跑去，同時還招呼上夏春秋跟左容。

孟齊邊看邊苦笑，但還是邁開腳步跟上他們。

「小葉，要一起去看嗎？」林綾微笑地詢問。

「才不要，我對那種破破爛爛的建築物沒興趣。」葉心恬嫌惡地看了禮堂一眼，隨即別過頭去，「我自己在這邊走走就好，林綾妳跟他們進去吧。」

「妳可不要亂跑喔。」林綾揉了揉葉心恬蓬鬆的頭髮，溫和囑咐。

「我又不是小孩子了。」葉心恬像是覺得彆扭般鼓起腮幫子，但並沒有拒絕林綾的安撫動作。

「如果覺得無聊，就到禮堂那邊找我們。」

「知道了。」

目送著林綾的身影消失在夜色另一端，葉心恬隨意環視操場一圈，那雙明媚的眼眸落到右側樹林時，不禁稍稍停下。她歪著頭思考一會，想說林綾等人就在附近，自己走過去看一下應該沒關係。

不知道那片樹林裡會有什麼？葉心恬心底默默想著，朝著枝葉不斷被吹動的林子前進。雖然現在已是晚上七點多，不過乾淨的夜色卻讓眼前樹林的能見度提高不少，反倒沒有陰森幽暗的感覺。

葉心恬輕輕撥開那些細長枝條，先將手電筒的光線朝林內照去，在確定沒什麼可疑東西之後，才踏上一條痕跡略顯模糊的小徑——那應該是之前被學生們踩出來的。

林子裡，唧唧的蟲鳴顯得更加吵雜，近得彷彿就在耳邊。這對於先前一直住在都市裡的葉心恬來說，是一種新鮮的體驗。葉片的清新味道，以及泥土的濕潤氣味，不斷竄進鼻腔裡，葉心恬雙手負在身後，悠閒地散步著。

一顆紅色小皮球忽地骨碌碌從一邊滾出來，在撞到她的鞋子時往回滾了幾圈，最後才慢悠悠停下。

「大姊姊，妳可以幫我把球撿起來嗎？」

屬於小女孩的童音相當清脆、很是好聽，但葉心恬的表情卻猛地凝固了，一雙杏眼瞠得大大的，林間的涼爽氣息拂在肌膚上，竟像是淬了冰渣子般。

黑髮齊肩、膚色蒼白、穿著紅色洋裝的小女生，從一棵樹後方探出頭來，嘴唇彎彎，濃黑的大眼睛瞅著葉心恬不放。

「大姊姊。」她又喊了一次，甚至還歪著腦袋，像是不解對方爲什麼沒有搭理她。

「妳、妳……」葉心恬的聲音透出驚懼，從喉嚨裡溢出的氣聲像是垂死般的呻吟，「妳爲什麼會在這裡！」

「這座山就是我的家啊。」小女孩天眞無邪地說，眼見葉心恬仍一動也不動，於是從樹後繞出來，小小的皮鞋踩在覆著落葉的小徑上，發出啪沙啪沙的聲響。

葉心恬控制不住從背脊竄出的涼意，小女孩離她越近，她身體越是僵硬得像是冰塊，兩隻腳好似被釘在地上，動彈不得。

「走、走開！不要靠近我！」

「大姊姊。」小女孩彎身撿起皮球，仰起小臉，細聲細氣地說，「妳要小心一點，不要跟他走太近，她會不高興的。」

葉心恬根本分不清小女孩口中的「他」與「她」究竟是誰，她甚至完全無法思考，因爲她看到了，鑲在那張蒼白臉蛋上的眼睛，竟是一片全然的漆黑，不見半點眼白。

「咿——！」她哆嗦著唇瓣，喉嚨彷彿被掐住，連尖叫都發不出，踉踉蹌蹌地往後退了幾步，隨即再也壓抑不住如荊棘般瘋長的恐懼，驚慌失措地拔腿就往宿舍方向跑。

第六章

葉心恬發燒了。

聽聞到這個消息，夏春秋很錯愕。他想破了腦袋也不明白，昨天還跟他們去賞螢的少女，怎麼會突然就感冒發燒了呢？

但讓他更不明白的是，昨晚他們一群人從禮堂出來後，卻沒有看到葉心恬的身影，一群人緊張地在操場上找半天，最後還是孟齊拿出手機打回宿舍，才得知她已先行回去。

夏春秋煩惱地在房裡轉著圈子，猶豫要不要上樓去探望。只是一想到那嬌氣的聲音所敲下的警告，就有些卻步。

「你如果敢闖進本小姐的房間，你就，死、定、了。」

那張板起來的明媚臉孔讓人印象深刻，夏春秋不希望在他踏進葉心恬的房間時，得到的下場是被房間主人不客氣地轟出來。

「你是轉夠了沒。」

左易不客氣的聲音從上鋪落下，瞬間止住夏春秋的動作。

夏春秋不好意思地撓撓頭，猶豫數秒後，還是仰起脖子詢問：「那個，左易，你要、要跟我去看小葉嗎？」

「啊？」左易從上鋪探出頭，挑起的眼角透出一抹不耐，「那女的怎麼了？」

「好像……好像發燒了。」夏春秋結結巴巴地說，一面對左易那張狂粗暴的態度，他的氣勢就會不自覺弱一截。

「沒興趣。」左易冷淡拋出三個字，戴起放在床頭的銀色耳機，斜靠著枕頭，自顧自地看起書來。

夏春秋垮著肩膀嘆了口氣，有些傷腦筋地站在原地思索一會兒，最末他做了個深呼吸，挺起單薄的胸膛，決定趁自己勇氣還沒消失前，趕緊上樓。

就在他打開房門時，站在門前的左容也恰好抬起手，正準備敲門。

剛巧打了照面的兩人都愣了愣，不過下一秒，左容已斂去眼底的怔然，朝夏春秋微微點個頭。

「要出去？」

「嗯，小葉發燒了，我、我想去看一下情況。」夏春秋毫不隱瞞地說出原因，隨即側過身子，空出了足以讓一個人進房的寬度，「妳要找左易嗎？」

「不。」左容沉吟著說出這個字，形狀優美細緻的眸子注視著夏春秋，果斷地改變心意，「我陪你去吧。」

「咦？」夏春秋愣了下，「陪、陪我去？可是妳……」

他原本要說「可是妳不是來找左易的嗎」，但左容只淡淡看了房內一眼，很快就收回視線。

「沒關係。」

「那……我們就一起去吧。」夏春秋反射性地點點頭，吶吶地吐出這句話。

不知道為什麼，左容忽然愉悅地揚起唇角，一向冷淡的中性臉龐此時看起來有種讓人忍不住想親近的魅力。

夏春秋覺得他的兩隻耳朵又開始紅了，心跳不自覺加快，怦怦怦的聲音像是要撞破胸口，響徹在走廊上。

誰也沒有注意到左易正漫不經心地看過來，嘲弄地拋下四個字。

「兩個笨蛋。」

左容沒聽到，夏春秋更不可能聽到，他反手將房門掩上，有些難為情地抬頭看了左容一眼，又很快地低下頭，不知該把視線放在哪裡。

夏春秋深深覺得，露出微笑的左容簡直就像活生生的凶器，他的ＨＰ值瞬間被削減一半了。

「走吧。」看著他手足無措的樣子，左容唇邊的弧度又更明顯了。

「啊，好。」雖然心臟還撲通撲通跳個不停，不過夏春秋仍竭力讓自己保持鎮靜，將重點放在探望葉心恬上頭。

值得慶幸的是，從一樓到二樓的這段路恰好成了個緩衝，夏春秋耳朵上的熱度總算退了不少。雖然與左容講話還是有些結巴，但和最初時候相比，已順暢許多。

一路上兩人大略交談幾句，雖然都是左容提問他回答，不過聽著左容平穩低緩的嗓音響在耳邊，讓人覺得很舒服、很安心。

兩人邊走邊聊，不一會兒就來到葉心恬與林綾的二〇四號房。

或許是爲了通風，木質房門半掩著，從門縫裡可以隱約看到坐在書桌前的身影，一條束在腦後的長辮子宣告了對方的身分。

夏春秋輕輕敲了敲門，在看見林綾回過頭、微微一笑說「請進」的時候，才推開門，與左容一同踏入房裡。

綠野宿舍的寢室每間都是同樣格局，上床下桌，不過二〇四寢的牆壁卻多了幾個透明的置衣箱，夏春秋沒有忘記住宿第一天看見的那堆行李。

「來看小葉的嗎？」隨手將一枚書籤夾進書裡，林綾站起身，充滿知性美的臉龐帶著笑，溫溫和和，彷彿春日的陽光一般柔軟。

「她還好嗎？」初次踏進女孩子的房間，夏春秋有些緊張，視線不知該往哪裡飄。

「身體還有些發燙，不過已經好一點，現在睡著了。」林綾比了比上方床鋪，隱約可以看見隆起的棉被。

「要不要帶她去看醫生？」夏春秋有些擔心地問。

「小葉吵著不要看醫生，她好像很討厭醫院。」林綾眼角透出一抹傷腦筋的情緒，「幸好藍姊給的退燒藥有效，不然我眞的要考慮讓花花帶她過去了。」

「啊，病情有好轉就好。」夏春秋鬆了一口氣，「那我就不吵她了。如、如果有什麼要幫忙的地方，再跟我講。」

「小夏眞是一個好孩子。」林綾微笑地揉揉夏春秋的頭髮。

雖然與林綾同年齡，但夏春秋總覺得對方就像親切的鄰家姊姊般，被林綾一碰觸，不禁難爲情地漲紅著臉，忍不住向後退幾步，反而不小心撞到站在身後的高瘦身影。

「小心一些。」左容扶住夏春秋的肩膀，淡淡地提醒。

「不、不好意思！」夏春秋慌慌張張地道歉，意識到自己後退時，背部撞到左容的地方或許是那裡，他的臉燙得簡直可以煎蛋了。

「我……我先回去了！」熱度沿著脖子不斷向下蔓延，夏春秋不敢直視左容那雙深邃的眸子，低著頭匆匆忙忙走出房間。

「青春眞好啊。」林綾笑盈盈地彎起眼，柔軟的嗓音讓人聯想到詠嘆調，「妳說對吧，左容？」

時間不知不覺流逝，接近六點時的黃昏美得可怕，帶著曝光效果的淺金色雲霞鋪滿整片天空，讓人想起逢魔時刻的傳說。

林綾坐在書桌前，翻著書頁的纖白手指透出一股優雅。橘黃光線映照在她身上，在那張白皙的側臉落下淡淡陰影。

桌上音響持續播放令人放鬆的水晶音樂，有時是流水淙淙的聲音，有時是清風颳過樹梢的律動，偶爾夾雜幾聲蟲鳴鳥叫，悠閒怡然的氛圍充滿寢室裡。

在音樂與書頁翻動的間奏處，三不五時會聽到一陣窸窸窣窣的聲音從上鋪傳來，接著是幾聲如小貓嗚咽般的低鳴。

「怎麼了，小葉？」林綾轉動椅子，關心問道。

「頭暈……不舒服……」裹成一團的棉被緩緩蠕動，過了一會兒，頂著一頭微翹長鬈髮的少女從被窩裡探出頭來，一向明媚的大眼泛著淡淡水氣，看起來可憐兮兮。

「要不要我拿溫開水上去給妳？」林綾正準備站起身，卻看見葉心恬小幅度地搖搖頭。

「不要，我不想喝水……」葉心恬兩隻手撐在床沿，往下看著坐在桌前的室友，「下午有誰來過嗎？我好像聽到講話聲。」

「是小夏跟左容。」

「算他們有良心。」發出帶著鼻音的輕哼，葉心恬撥開被汗水黏在頰旁的髮絲，熱度依舊燙得她腦袋昏沉沉的，連嬌俏的嗓音都透出了一絲病懨懨。

「我本來還在想，如果小葉妳熱度還像之前那麼高，就叫花花扛著妳下山。」

「我才不要。」葉心恬想了下那畫面，嫌惡地皺起眉，「我不想去醫院，也不想讓花忍冬那個自戀傢伙扛下山。」

「做這些事的前提是病況加重，不過妳現在既然有力氣罵花花，精神顯然好多了。」

「林綾，妳看起來……很高興？」葉心恬有些不解地問道。

「爲什麼不高興？妳的精神變好了，這是一件好事。」林綾微笑地注視上鋪，「之前妳發高燒的時候，我很擔心呢。」

看著室友眼裡的眞摯情感，葉心恬心口暖暖的，好像有道溫暖水流注入其中，讓她忍不住鬆下了肩膀，將小巧的下巴抵在床沿。

「林綾，妳覺得……鬼眞的存在嗎？」葉心恬猶豫再三，還是忍不住問出口。

「怎麼了，爲什麼突然問這個？」林綾輕揚起一邊秀眉，疑惑問道。

「因爲……」葉心恬小心翼翼地瞧了瞧四周，坐在底下的林綾自然全收進眼裡。

「昨天晚上，我在操場旁邊的林子裡看到一個小女孩。」葉心恬小小聲地說，蒼白臉孔上還殘存著一抹驚疑不定。

「小女孩？」林綾詫異地重複這三個字。

「對，穿著紅色洋裝，頭髮長度到肩膀，大概七、八歲大的小女孩。」葉心恬仔細將所看到的特徵全說出來。

「會不會是村裡的小孩子跑上來玩？」林綾試著找出合理的解釋，「昨天時間不算晚，從山下騎腳踏車上來，大概二十幾分鐘就可以到。」

「不是，絕對不是。」葉心恬把頭搖得跟波浪鼓一樣，「她的眼睛……」

一想到那雙不見眼白、漆黑一片的眼睛，她忍不住瑟縮了下。

「一般人……一般人根本不可能會有那樣的眼睛，連瞳孔都看不到。」葉心恬抓緊棉被，明明身子還在發熱，但她仍舊可以感受到絲絲涼意竄了上來。

「她有對妳做什麼嗎？」林綾神色跟著轉爲嚴肅。

「是沒有，但是她……」葉心恬咬著嘴唇，臉上浮現幾分躊躇，小女孩清脆的童音清晰地迴盪在腦海裡——

「你們這裡，住著一個很可怕的人。」

「沒關係的，小葉，妳就全部說出來吧，不要一個人藏著心事。」林綾柔聲安撫。

那似水柔軟的聲音彷彿帶著魔力，讓葉心恬不由自主地將發生在廚房的事、中庭裡的事，包括她與紅衣小女生交談的每一句話都說了出來。

林綾若有所思，食指輕輕敲著膝蓋，像是在將這些訊息組織起來。

「林綾？」葉心恬試探性輕喚一聲。不知道爲什麼，不笑的林綾看起來有種難以親近的感覺，這讓她有些緊張。

「不用擔心，我會把事情查清楚的。」或許是注意到葉心恬眼裡的不安，林綾朝她露出一抹溫婉的笑，「妳再躺一下吧，病人就該多休息。」

「我只是有點頭暈。」看到那再熟悉不過的表情，葉心恬提起的一顆心頓時放了下來，她噘著嘴，像在抱怨又像在撒嬌，但還是依言躺回床上，將被子拉到胸口，「還有，那些水晶音樂我聽膩了，換其他歌來聽吧。」

「遵命，大小姐。」林綾從善如流地回答，手指點了點滑鼠，將播放清單改成爵士樂。

沙啞低柔的女聲流洩在寢室裡，縮在被窩中的葉心恬慢慢閉上眼睛。逐漸入侵的睡意將她的意識一點一點剝離，只剩下細細的呼吸聲還盤旋在上鋪，偶爾傳出幾聲悶悶的輕咳聲。

林綾將椅子轉回螢幕方向，點開網頁，進入線上新聞的資料庫裡搜尋「綠野高中」的相關訊息。

不知道是不是因爲這所學校地處偏遠，新聞並不多，頁面上只列出短短幾筆資料。林綾飛快瀏覽一遍，最後視線定格在其中一則新聞上。

疑似壓力過大，女高中生夜半離宿，下落不明。
點進去看，裡頭內容並不多，三言兩語匆匆帶過，連女學生的名字都沒有出現。
林綾不禁對這名記者的撰稿能力直搖頭。
窗外天色漸漸變黑，吹進來的晚風帶著些許涼意，她暫時停下搜尋，走到窗邊關起大開的窗戶，只留下一道縫隙。
但當她重新坐回電腦桌前，卻發現原本亮白的螢幕逐漸變成灰白相間的色澤，就像是電視機壞掉時產生的跳動線條。然而喇叭裡的爵士女聲竟不受影響依舊播放著，低柔的嗓音幽幽流轉。
林綾試探性地動了下滑鼠，畫面上卻找不到游標半點影子，只看到灰白色層層向中間聚攏。
她揉了揉眼角，不斷跳動扭曲的光線讓眼睛極不舒服。雖然不知道畫面爲何突然出現狀況，不過林綾的第一個動作還是先關掉螢幕。
詭異的是，即使她按下螢幕電源鍵，但那些灰白跳動的線條卻依然存在，越閃越快，幾乎以瘋狂的極速晃動著，甚至隱約閃現幾道搖晃的模糊身影。
注視著無法以常理解釋的畫面，林綾抿著唇，眼裡罕見地浮起一股不耐煩，拿起掛在椅背上的外套蓋在螢幕上，隔絕那些讓人不快的光影，直接來個眼不見爲淨。

然後她重新翻開先前看到一半的小說，神色恬淡，就好像什麼事都沒有發生過一樣……

□

晚間時分，已經熄了大燈的走廊一片幽暗，拍打在玻璃窗上的風聲格外明顯，一扇扇掩起的門扉，將房間與走廊隔絕成多個獨立空間。

披著薄外套的夏春秋關上水龍頭，下意識將牆壁上的小燈關掉，隨即踩著搖搖晃晃的步子從男廁走出。因爲一時尿急，不得不從床鋪離開的他，現在只想趕緊回到好睡的被窩。

夏春秋張嘴打了個呵欠，眼皮好幾次快要掉下，但又急忙撐起。他睏倦地揉揉眼角，拖著勉強殘存的意識，在黑漆漆的走廊上摸索著。

由於廁所在一一〇寢隔壁，夏春秋在心底大約估算了回房的距離，最後站定在某間房前，下意識伸手轉動門把，但沒想到房門卻紋風不動。

*怎麼回事？*夏春秋不死心地再轉了幾次門把，仍舊無法打開門。浮現在腦海中的第一個念頭，就是自己被反鎖在外了。

「左、左易……開門啊。」夏春秋頓時被這件事驚得清醒過來，一邊輕叩著門板，一邊小聲喊道，就怕過大的音量會吵醒其他寢的人。

然而夏春秋連連喊了好幾次，寢室裡卻靜悄悄的，毫無動靜。

「睡死了嗎？」夏春秋煩惱地皺起眉，將耳朵貼向門板，想要聽清楚房裡有無聲音，然而臉頰卻不小心碰到冰涼的金屬。他反射性縮起肩膀，摀住了差點脫口而出的驚呼。

下一秒，狐疑地湊向前，手指頭反覆摸索著門上的號碼。

1……0……2……

「原來是走錯了啊。」夏春秋頓時鬆了口氣。一定是他從廁所出來時，神智還不清醒，錯估了廁所到寢室的距離。難怪剛剛敲了半天門都沒人回應，因爲一〇二寢是空房。

夏春秋撓撓頭髮，本想朝著自己的一〇四寢走回去，但還沒有動作，左側隱約傳來歌聲。

歌聲時而拔高、時而低緩，字句含糊地黏在一起，讓人聽不眞切，只是忽顯忽隱地徘徊在走廊上，落下一圈圈回音漣漪。

聽見歌聲的瞬間，夏春秋反射性繃緊神經，幾乎是以格放的速度，小心翼翼地轉過頭，就怕看見什麼可怕的東西。

當他完全轉過身，卻看見不遠處的一扇門板底下有光線透出。

「那裡是？」夏春秋困惑地擰起眉，順著薄弱的微光邁出腳步。

雖然地板上折射出極淺的黃光，但幽暗的走廊讓夏春秋一時無法確定他與房間的遠近，只是下意識循著光線前進。

隨著距離逐漸縮短，歌聲也越來越清晰高亢，像要割裂黑暗，讓夏春秋忍不住想要摀起耳朵。

在透出光線的門板前停下，夏春秋伸手摸了摸上頭號碼，1、0、6……那是宿舍長孟齊的寢室。

奇怪，一〇六寢有那麼遠嗎？一抹疑問閃過夏春秋心頭，但從門後透出的歌聲容不得他在此時仔細思考。

「學長。」夏春秋用力敲了敲門，「學長，你的音響開太大聲了。」

在他敲門喊叫的時候，歌聲忽地轉小，隨即越趨低緩，彷彿沉沉流動的河水，偶爾才會激起幾圈漣漪。

聽著微微的歌聲，夏春秋總算鬆了口氣，正準備朝自己寢室走回去，卻在他要轉身那瞬間，高亢聲音猛地炸起，化成尖銳卻美麗的薄刃刮過大腦神經，讓夏春秋頭痛欲裂。

按著吵得發疼的耳朵，夏春秋難受地扯開嗓門大喊：「學長！學長，你快把音響關掉，這樣會吵到大家的！」

當最後一個「的」字落下時，他才猛然驚覺哪裡不對勁。從剛剛到現在，明明歌聲如此清晰，卻好像沒有人察覺一樣；甚至連他用力敲門和大叫的時候，也沒有人出來制止。

就好像……整棟宿舍只剩下他與一〇六寢還存在著。

夏春秋怔怔地放下摀住耳朵的手，低頭看著門縫，先前看到的昏黃光線已消失，他腳尖前是一片黯淡。

夏春秋緩緩將右手搭在門把上，輕輕一扭，喀噠，房門應聲而開。淺銀色月光從窗外透射進來，將所有擺設鍍上一層薄弱光膜。

映在夏春秋眼底的，是一間沒有多餘雜物的空房。

乾淨的桌子、空蕩蕩的床鋪，連一台電腦或音響都沒有，整個房間清清冷冷，不帶人氣，然而歌聲卻不斷在裡頭迴響。

夏春秋全身都在發抖，牙齒打著顫，他驚慌失措地想朝門口跑出去。眼見距離門外的走廊只有一步之遙，房門卻突然被重重關上。

被帶子束起的窗簾像是被無形的手牽引，唰地從兩邊拉起，遮掩住窗外月光，寢室立即陷入伸手不見五指的黑暗。

沒有月光、沒有燈光，什麼都看不見的房裡，只有時而高亢、時而低緩的歌聲飄蕩著，如同漩渦般，一圈圈將夏春秋包裹其中……

第七章

一〇一寢裡，牆壁上的電燈開關被人「啪」的一聲壓下。

主燈頓時熄滅，原本明亮的空間轉成一片昏暗。

因爲貪玩手機遊戲，直到半夜才準備就寢的花忍冬關上燈，正準備摸黑爬上梯子、回到自己的床鋪上時，動作忽然一頓，覺得嘴巴有點發乾。

花忍冬輕巧地躍至地板上，他拿起桌上的礦泉水，卻發現瓶子輕得幾乎沒有重量，連一點兒水都沒有。

「人家實在不想在那麼晚出去的……」花忍冬喃喃自語，但還是穿上拖鞋，抓著空杯子走出寢室。

每間寢室的房門都是關著的，其他人應該也都睡了。一向開著的小燈不知道被誰不小心關掉，放眼望去，走廊一片昏暗，幾乎伸手不見五指。

憑著白日對建築物的印象，花忍冬放輕腳步，在房裡吵著歐陽明還沒什麼關係，萬一吵到其他人，那可就不怎麼好意思了。

小小的廚房裡，連一個人也沒有。

花忍冬將杯子移到出水口，摸索著溫水開關、直接壓下，杯子很快裝至八分滿。

他舉起玻璃杯，杯緣剛要碰到嘴唇，窗外照射進來的月光卻將杯內的水映照得一清二楚。

——不是透明的。

是鮮紅、濃艷的，像是血水一樣的赤色液體！

「嚇！」花忍冬倒抽一口氣，握著玻璃杯的手指瞬間控制不住力道，重重捏了下去。

啪啦一聲，玻璃杯被一把捏碎，刺痛與濕潤感同時佔領花忍冬的掌心。

就在這個時候，廚房的燈忽然被打開，刺眼的光線驅散黑暗，空間內所有物體覆上一層清晰的光暈。

「花花，你在幹什麼？我剛剛聽到了奇怪的聲音……」

瞧清廚房裡的景象後，林綾最後一個音階忽地停頓，隨即轉化成吃驚的高音。

「你的手流血了？」

花忍冬回過頭，看見林綾大步往自己走來。

「過來，花花。」不等花忍冬對傷口做出解釋，林綾一把扯過他沒受傷的那隻手，將他拉離廚房。

「要、要去哪裡？」總是溫柔婉約的少女罕見地表現出強硬姿態，花忍冬忍不住結結巴巴地問。

「交誼廳，我記得那邊有醫藥箱。」林綾的聲音依舊輕緩，但兩道細眉卻擰起了一些皺折。

少女的表情透出些許擔憂，卻無損她的美麗。

急促且沒有刻意放輕的腳步聲凌亂響起，花忍冬卻連祈禱藍姊千萬不要被吵醒的心思都沒有，他的注意力全放在拉著自己走的林綾身上。

林綾打開交誼廳的電燈，彎身從電視櫃下方拿出醫藥箱。

花忍冬屏住呼吸，看著白淨優雅的少女屈膝在他身前，動作輕柔地將玻璃碎片一個個挑出。

林綾的睫毛纖長，在眼底打下一層淡淡陰影。那張臉龐白皙得不可思議，彷彿可以看見底下細細的血管。

花忍冬聽見自己的心臟越跳越大聲，他覺得口乾舌燥，被林綾碰觸到的地方像是要燒起來一樣，傳來炙燙的溫度。

這是什麼感覺？吊橋效應？斯德哥爾摩情結……夠了夠了！花忍冬搖搖頭，想要把大腦裡的胡思亂想全部驅散。

「花花？」像是察覺花忍冬的躁動，林綾疑惑地抬起眼。

那雙眸子深邃如幽潭，讓人彷彿生出快要溺下去的錯覺。

花忍冬的心臟差點要從喉嚨裡跳出來，這瞬間他終於知道那種像是被人抓撓著心房的情緒該如何稱呼了。

他吶吶地張開嘴，想要說些什麼，卻一句話也說不出來，只好繼續保持沉默，看著林綾俐落地替他消毒、上藥、包紮。

「好了，這幾天小心一點，不要讓傷口碰到水。」林綾將東西放回箱子裡，拍拍有些發麻的膝蓋站起身，由上而下俯視花忍冬。

被俯視的那人忍不住紅了紅秀氣的臉孔，趕緊正襟危坐，希望可以挽回一點印象分數。

「花花，現在可以告訴我，你爲什麼會把玻璃杯捏破？」

「呃……」第一個問題就被人挑出事情眞相，花忍冬只能尷尬地發出一個單音，本來想要說自己不小心施力過大才會把杯子捏碎，但是轉念一想……

他捏破杯子是因爲看到了奇怪的幻覺啊！

「花花？」林綾微微低下頭，白皙的臉龐湊到花忍冬前方，和他眼對眼。

「人……」才剛吐出這個字，花忍冬就像是咬到舌頭一樣，忙不迭換上另一個自稱詞，「我……在廚房喝水的時候，看到杯子裡的水是紅色的。」

林綾抿了抿嘴唇，又往花忍冬湊近一些，淡雅的嗓音流洩而出，「你爲什麼改變了說話方式？」

「人家……不，我覺得還是換一下，聽起來才不會奇怪。」

「我並不覺得奇怪。」林綾微笑說道，眼裡有一抹溫暖，「而且我也比較習慣那樣的你。」

「妳說眞的嗎？」花忍冬欣喜不已，反射性抓住林綾的手，結果這動作反倒牽動了掌心上的傷口，不禁吃痛地皺起眉。

「小心一些，花花。」林綾抽回被抓住的右手，在花忍冬頭上摸了摸，「不要這樣莽莽撞撞的。」

「人家會注意的。」花忍冬咧嘴一笑，細細長長的眼眸彎起愉悅的弧度。

於是，看到杯子裡出現紅色液體一事就這樣被拋至腦後，他滿腦子只想著林綾身上的味道好香，林綾摸著頭的動作好溫柔……

雖然現在是夏天，但是交誼廳裡卻隱約飄散著春天的氣息。

只限花忍冬身上。

「好了，趕快回房間睡覺吧，被藍姊看到的話，會被唸的喔。」林綾一邊收起醫藥箱，一邊示意花忍冬從椅子上站起，「我要關燈了。」

「那個，林綾，人家送妳回房間吧。」花忍冬亦步亦趨地跟在林綾身後，討好地問道。

「才二樓而已，沒什麼好擔心的。」林綾失笑，朝後方的花忍冬擺擺手，準備離開交誼廳，但才走了沒幾步，她忽地停頓下來。

「林綾？」花忍冬訝異地詢問，順著對方的視線看過去。

原本門扉緊閉的走廊上，有扇木門半開著。

林綾與花忍冬都記得，那個房間尚是空房。

□

安靜到死寂的二〇四寢只有斷斷續續的呻吟響起。

葉心恬勉強掀開一隻眼，一片朦朧的視野中，日光燈沒有開啓。隱隱能看見同樣裝在天花板上的老式電風扇正嗡嗡轉動著，發出低沉聲響。

但在悶熱的夏夜裡，這一點點風根本起不了多大作用，反而讓人聽著覺得心底的煩悶似乎又增加了一些。

葉心恬吐出口氣，覺得連呼吸都是熾熱的。討厭的發燒……還有討厭的老舊設備……

她從棉被中抽出一隻手，橫置在額頭上，藉著貼觸額頭的皮膚，可以感受到底下傳來的高熱，說明她身上的溫度不減反升。更正確一點的說法是，她的病情在晚上突然加重了。

葉心恬再次閉上眼睛。

看不見的時候，聽覺就會變得格外敏銳，平常不會注意的細微聲響，此時此刻好似被放大了十倍。

電風扇的嗡嗡轉動聲、自己沉重的呼吸聲，還有噠噠噠的鍵盤敲打聲。

林綾還沒睡嗎？

葉心恬睜開眼，手臂從額頭上移開。即使沒有撐起身體、探頭向下望去，她依然能夠察覺到，在未開大燈的寢室內，冷白色的光正從下方透出來。

那是電腦螢幕還開著的光芒。

葉心恬努力轉動脖子，她的鬧鐘就放在枕頭旁邊。

螢綠色的時針和分針，正顯示出現在的時間。

十二點五十分。

時間出乎葉心恬意料地晚，她以爲林綾會早些上床就寢。

所以說……是擔心她的情況，才特地晚睡的嗎？

想到這裡，葉心恬心裡覺得暖暖的，就連睡意也減少一些。她慢慢撐起身體坐在床上，被汗水微微濡濕的長髮末端垂在胸前。她伸手撥開髮絲，感覺到連背後也被汗水淌濕了一小部分。

「真討厭……」葉心恬喃喃抱怨，細緻的眉毛跟著蹙起，「林綾，爲什麼學校都不肯好好把宿舍翻修一次……沒有冷氣就算了，那麼吵的電風扇，我還寧願用吊扇，比較安靜一點……還有木板床也好硬，廁所和浴室爲什麼都要蓋在房間外面……」

平常時候，這些事情都還可以忍受，可是一旦生病，連想上個廁所都得費盡力氣地爬下梯子、走到房間外頭，這些不滿就像是被吹得鼓漲的氣球，塡塞在心頭。

下方的鍵盤敲打聲還在繼續，噠噠噠，流暢得像是不會終止。

葉心恬也不以爲意，林綾總是會安靜微笑地任她發著牢騷，中斷她抱怨的是忽然湧出喉頭的一陣癢意。

她反射性摀著嘴，連連咳了好幾聲。

昏暗的寢室內，頓時只剩下風扇的嗡嗡聲、敲打鍵盤的噠噠聲，以及葉心恬的咳嗽聲。喉嚨發出微微的刺痛，很不舒服，葉心恬往鬧鐘旁邊摸去。她記得林綾傍晚時特地爬上來，貼心地把礦泉水和退燒藥擺在一塊。

就算視線不清楚，但葉心恬還是很快就摸到礦泉水。她扭開瓶蓋，喝入一口水，再打開藥包直接倒入口中。

苦澀的味道馬上在嘴裡擴散開來，葉心恬眉頭皺得更緊，忍耐著將水及藥全部呑下。

「林綾，妳那邊有沒有甜的東西？這藥好苦啊……」她忍不住向室友撒起嬌。

回應葉心恬的，依然是敲打鍵盤的噠噠聲。

沒有人回話。

「林綾？」葉心恬困惑地喊著室友的名字。就算林綾總是放任著讓她抒發心裡的抱怨與不滿，可也不至於在這種時候，連句話都不肯給。

還是沒有人回應。

沒有打開大燈的寢室中，只有嗡嗡的風扇轉動聲迴盪著。

原本一直流暢得像是不會停止的鍵盤敲打聲，突然間沒了聲音。

「林綾？」葉心恬小小聲地再喊一次，覺得自己的聲音像是扔進湖中的小石子，撲通一聲後，頓時無聲無息。

難道說，剛剛的聲音……只是錯覺嗎？

葉心恬晃晃還有些昏沉的腦袋，猜想自己該不會是把電風扇的聲音錯認成鍵盤聲；她挪動身子，抓著床沿欄杆探頭向下望去。

斜對面，螢幕未關的電腦前確實空無一人。

林綾並不在座位上。

眞的聽錯了嗎？葉心恬先是一愣，緊接著意識到她方才說了那麼多話根本是在自言自語，本就發燙的臉頰頓時燒得更厲害了。雖說已經知道寢室內沒有其他人，她還是忍不住替自己辯駁。

「討、討厭……都是林綾電腦沒關，才害我以為有人在……林綾眞是的，人不在也不把螢幕關一關……還要我這個病人下去幫她……」葉心恬一邊爬著梯子下床，一邊咕噥。

就在葉心恬即將踩到地板的瞬間，聲音響起。

不是電風扇嗡嗡的轉動聲，不是葉心恬自己的呼吸聲。

噠噠噠噠噠噠噠噠噠噠噠噠噠噠噠噠噠噠噠噠噠噠噠噠噠噠噠噠噠噠。

葉心恬猶抓著梯柱的手指僵住了，她可以確定這次絕對沒有聽錯。不是幻聽，不是幻覺，那的確是鍵盤被人敲打時所發出的聲音。

葉心恬的眼角餘光可以瞧見自己的書桌仍暗幽幽一片。桌燈沒開，電腦也沒開，鍵盤更是好端端收在鍵盤架裡。

所以……所以……

葉心恬心臟越跳越快，怦怦聲和噠噠聲在耳邊無限放大，彷彿她的世界裡只剩下這兩個聲音。

「林綾，這、這是妳的最新惡作劇對吧？我不會……不會上當的……」葉心恬結巴說道，「欺負病人一點也不好玩，太過分的話、太過分的話……」

剩下的話，葉心恬再也擠不出來。

她知道這不可能是惡作劇，別說林綾不會做這種事，在只有她一個人的寢室裡，林綾又怎可能做得到這種事？

抓握梯柱的手指猛然鬆開，雙腳踏地的同時，葉心恬咬著牙，迅速向後轉。

寒意一口氣爬上背脊，從腳底板竄上，一路直衝腦門。

空無一人的電腦桌前，螢幕是亮著的，散發出來的冷光將前方鍵盤映照得一清二楚。

沒有主人的鍵盤，就像被一雙看不見的手敲打著，不同位置的按鍵不停陷下、彈起，噠噠噠的聲音不於耳。

流暢得如同不會停止。

「不要……」葉心恬臉色刷成慘白，之前碰到的恐怖回憶湧上心頭。明明寢室裡又悶又熱，身上的熱度也沒有降下跡象，可是她卻覺得四肢與心頭比什麼都還冰冷。

鍵盤的敲打聲仍在持續。

就像是回應那敲打一般，空白的文件檔上開始出現一個又一個文字。

黑色小點映入葉心恬眼裡，她驚恐地看著小點越增越多，視線飛快刷過文件上一排又一排的字。

她一點也不想靠近，但還是控制不住雙腳，僵硬地上前一步，又一步，再一步。

她的瞳孔猛然收縮。

潔白的頁面上，漆黑的文字彷彿要侵佔全部版面一般，快速增加著。

我等著你回來我等著你回來我等著你回來我等著你回來我等著你回來我等著你回來我等著你回來我等著你回來我等著你回來我等著你回來我等著你回來——

我、等、著、你、回、來。

□

當二〇四寢裡的電腦螢幕上顯示出一行行漆黑文字時，先前陷入昏迷的夏春秋正試圖從混沌的黑暗中掙脫出來。

「小夏，快醒醒！」

恍惚中，有誰的手抓住衣領，將他的頸子拉離地面，用力晃了晃。不加克制的力道晃得他頭腦發昏，從喉嚨發出了不舒服的悶哼。

「花花，快點住手。」

婉約的嗓音忙不迭制止那令人捏一把冷汗的搖晃方式。

夏春秋難受地呻吟一聲，眨了眨彷彿有千斤重的眼皮，嘗試了好幾次之後，總算睜開眼睛，兩道像是在晃動的人影頓時映入眼簾。

不，不是人影在晃動，而是他的焦距尚未完全凝聚，呈現在眼前的畫面看起來模模糊糊的，像是覆上一層朦朧的影子。

「糟糕，該不會本來要清醒，結果又被人家弄昏了？」花忍冬擔憂地瞇細一雙秀氣的眼，將臉龐湊近夏春秋，仔細端詳起來。

「花花，讓開一點，你擋到我了。」林綾擰起細眉，一把將花忍冬的臉往旁邊推過去，絲毫不把對方的抗議放在心上。

「小夏，你還好吧？」林綾伸出手，協助夏春秋撐起身體，讓他的背部可以靠著後面的牆壁。

當背脊碰到堅硬的牆面時，夏春秋先是茫然地眨了下眼睛，隨即抬起頭環視周圍一圈。日光燈在頭頂上散發出熾亮的白光，讓剛從黑暗掙脫出來的夏春秋有些不適應，下意識抬起手擋住光線。一會兒過後，才逐漸適應亮度，浮現在眼底的不再是模糊的輪廓。

像是沒有人住的空蕩蕩寢室，除了基本的上床下桌擺設，和立在牆邊的衣櫃外，再也看不到任何生活用品。

這裡是空房？夏春秋的思考能力還沒恢復，他轉了轉頭，看見自己左右各有一人。

「林綾？花花？」夏春秋困惑地喊出同學的名字，「你、你們怎麼會在這裡？」

「這句應該是人家要問的吧，小夏。」花忍冬有些誇張地嘆口氣，「今天晚上是怎樣了，大家輪流被驚嚇嗎？」

「什麼被驚嚇？」咀嚼著花忍冬話裡的意思，夏春秋抬起眼，一截白色繃帶恰巧晃過眼角，「花花，你的手……受、受傷了！」

「啊，你說這個。」花忍冬看著包紮過的右掌，露出有些傷腦筋的表情，「其實也不是什麼大不了的傷，只不過是被玻璃碎片扎到而已。」

「被、被扎到？那一定很痛。」夏春秋光是想像就忍不住瑟縮了下。

「沒事沒事，只是小傷。」像是爲了證明傷勢並不嚴重，花忍冬擺擺手，結果反倒不小心牽扯到傷口，疼得他眉眼出現瞬間的猙獰。

「花花，我不介意把你的手綁起來喔。」林綾笑得溫和，眼神也柔軟似水，只是說出來的話卻一點兒也不溫柔，「那張吵死人的嘴就用膠帶貼起來吧。」

花忍冬瞬間噤聲，迅速用未受傷的左手做了個拉上拉鍊的手勢。

「林綾妳……」夏春秋驚訝地瞪大眼，有種像是重新認識這名女孩一樣的感覺。

「不好意思，小夏，我今天比較暴躁。」林綾有些歉意地笑了笑。

「不，沒、沒關係的。」夏春秋連忙搖搖頭，表示他完全不在意。

另一邊的花忍冬卻是縮著肩膀，雖然被林綾勒令保持安靜，但還是忍不住想發表意見。

只不過當他準備開口之際，林綾的聲音已先一步響起。

「看在我替你包紮的份上，花花，你就先安靜個五分鐘好嗎？」

花忍冬順從地點點頭，即使都是蹲著，但還是比林綾高出一些的身子，悄悄地朝她靠近一些，似乎很滿意兩人之間拉近的距離。

「小夏，你還記得自己爲什麼會昏倒在一〇九寢嗎？」林綾輕聲問道。

「一〇九寢？不是一〇六寢嗎？」夏春秋不敢置信地瞪大眼，「我是因爲聽到孟齊學長的房間有歌聲傳出來，所、所以才去敲他的門。」

接收到林綾的眼神，花忍冬站起身子走向門口，將虛掩的房門一口氣拉開，直抵牆壁。接著，他摸上寢室號碼的三個數字，將原本呈現6的金屬字體輕輕一撥，調回9的形態。

夏春秋怔怔地看著門上的三個數字，總算知道先前的突兀感從何而來了。難怪他一直覺得一〇六寢和自己寢室之間的距離有落差，太遠了。

「小夏，你眞的聽到房間裡傳出歌聲？」林綾確認似地再問一次。

夏春秋僵硬地點頭，耳邊依稀還迴盪著那高亢到像是要割裂黑夜的歌聲。

林綾朝花忍冬遞去一記詢問的視線，見著對方聳聳肩後，不禁蹙起秀雅的眉毛。

「我跟花花剛才都在一樓，但是我們沒有聽到任何聲音。」

夏春秋心臟猛然一跳，不自覺捏緊雙手拳頭，想藉由這個動作克制住變得紊亂的心跳。

他不斷深呼吸，卡在喉嚨的聲音叫囂著要衝出來，但比它更快響起的是一道穿透天花板的驚懼慘叫，尖銳地刮過三個人的耳朵。

那是葉心恬的聲音。

一瞬間，被寂靜夜色籠罩的宿舍像是甦醒過來，迅速亮起一盞盞燈光。

第八章

葉心恬是被人發現倒在地板上的，尖叫劃破夜色的剎那，同樣住在二樓的左容第一個趕過來，隨即是藍姊、孟齊、林綾、花忍冬、夏春秋，以及最後一個出現的左易。

歐陽明睡死了，連發生什麼事都不清楚，因此隔天一早，就被舍監下令去打掃其他寢室，作爲警覺性不夠的懲罰。

「我也不是故意要睡那麼死的……」歐陽明一邊拿著掃把，一邊發出苦悶的聲音，圓胖的臉龐寫滿了委屈，「你其實可以叫我起來的，花花。」

在空曠、尚未有人搬進來的寢室裡，坐在桌上的花忍冬挑高眉毛，一雙細長的狐狸眼似笑非笑地睇過去。

「你還敢說？歐陽，人家昨天喊了半天，你聽都沒聽到，還睡到打呼了。」

「一定是你喊得不夠大聲。」歐陽明很快地撇清責任，堅決認定不是自己睡太死，而是沒有人願意認眞叫他起床。

「連小葉的尖叫都沒讓你醒過來，請問歐陽同學，人家需要用到多少分貝的音量呢？」捲著垂到頸窩處的髮梢，花忍冬輕輕哼了兩聲。

歐陽明頓時羞赧了一張臉，頭低低的，擺出一副虛心認錯的模樣。

「別浪費時間了。」花忍冬隨手將放在桌面的廣告紙揉成一團，朝歐陽明扔去，「別忘了你還有兩間寢室要掃。」

「還有兩間啊……」歐陽明嘟嘟囔囔，「我已經掃了一整個早上，藍姊眞殘忍，就丟我一個人過來打掃。」

「她沒叫你掃二樓的空房你就該偷笑了，上面可是有八間唷。」扳了扳手指，花忍冬不懷好意地彎起唇角，「如果你希望的話，人家是可以跟藍姊轉達一下。」

「別別別！花花你別害死我！」歐陽明驚恐地揮動著手上的掃把，「一樓的房間已經夠我累死了。」

「有自知之明的話就不要停下動作，繼續掃。」花忍冬頤指氣使地指揮室友。

「你這個沒良心的傢伙。」歐陽明小小聲抱怨，聲音含在嘴巴裡，變成模糊的聲音，「壓榨我的體力就算了，竟然還不許我吃零食。」

一想起自己從起床到現在都沒吃到半點零食餅乾，歐陽明就忍不住哭喪著臉。那可是他一天的動力來源啊……

「嗯？你說什麼？」不只擁有怪力，連聽力都極好的花忍冬敏銳地轉過頭，看著摀住嘴的歐陽明。

歐陽明忙不迭搖搖頭，握著掃把開始動作，不時還可以感受到花忍冬犀利的視線，如芒刺在背。

就在這時，從走廊上經過的少女像是注意到房裡的動靜，她停下腳步，從門口探進來，細長的辮子垂至胸前，鏡片後的眼瞳滑過一抹訝異。

「花花，歐陽，你們在這裡做什麼？」

「林……」歐陽明才剛吐出一個字，花忍冬已經比他快一步喊出少女的名字。

「林綾～」花忍冬眉眼彎彎，笑得好不開心，當下跳下桌子，三步併作兩步跑到門口。

啊，好像看到了狗耳朵和尾巴……歐陽明怔怔想著，不太能理解為什麼才過了一晚，他的室友就產生如此大的變化？

「藍姊要歐陽幫忙打掃空房，人家是負責監督他的。」花忍冬比著拿掃把發呆的小胖子，彎成新月狀的眼睛凝視著膚色白皙的少女。

「這樣啊。」林綾微微笑了笑，「我剛在廚房熬了粥，你可以幫我拿上去給小葉嗎？」

「當然可以。還有什麼要幫忙的，儘管跟人家說。」花忍冬眼睛一亮，聲音裡有藏不住的熱切。

「我想到再告訴你。我們先到廚房吧。」

花忍冬秀氣的臉龐浮出傻乎乎的笑容，興高采烈地朝廚房走去，絲毫沒有察覺到身後林綾悄悄對歐陽明做了個「安心吧」的手勢。

歐陽明感動不已，淚眼汪汪地目送林綾離開的背影，他終於可以從花忍冬的監視下逃脫出去了。

一整個早上聽著花忍冬絮絮叨叨的說教，他就算沒有睡著，大腦也都要昏沉了起來。最過分的是，對方還不准他邊掃地邊吃糖。

「沒有糖分補給，我的血壓可是會過低的。」一邊給自己找藉口，歐陽明一邊從口袋裡掏出糖果，動作俐落地拆開包裝紙，心滿意足地丟進嘴裡。

滿嘴甜味讓歐陽明愉快地用鼻子哼著歌，勤快地打掃起來。沒了花忍冬的疲勞轟炸，再加上有零食提振精神，歐陽明工作效率頓時往上翻了一倍。

結束這間寢室的清掃工作後，歐陽明抓起掃把和畚箕，邁開短胖的兩條腿，愉快地往下一間空房前進。

對歐陽明來說，只要有零食可吃，就算是打掃跑腿這類勞動工作，都可以做得很開心。

歐陽明嚥下含在嘴裡的草莓軟糖，又從口袋裡拿出巧克力球。因爲一隻手要抓著掃把畚箕，他只好用剩下的一隻手，有些笨拙地拆著包裝紙。

左手動作不甚靈活，有顆巧克力就這樣從指縫間掉了下去，不斷向前滾動。

「啊，等等！」歐陽明連忙追上。

滾呀滾的，那顆圓溜的巧克力球在歐陽明的注視下，滾進一間門扉半掩的寢室裡。顧不得探看寢室號碼，他喘著氣，一頭鑽進房裡，拿掃把往前一擋，總算止住巧克力球的滾動。

抹著額上滲出的細密汗水，他鬆開掃把，彎身撿起那顆增加他運動量的巧克力球，三兩下剝掉包裝紙，丟進嘴裡。

歐陽明心滿意足地嚼著巧克力，這才有心思打量他剛剛闖入的寢室。從空蕩且完全沒有任何生活用品的情況來看，這間寢室尚未有人入住。

空房就等於要打掃，腦海中的式子迅速成立，歐陽明伸了伸懶腰、扭了扭圓潤的腰身，替新一輪打掃再做一次熱身運動。

熱身完畢，歐陽明蹲下身子，將掃把前端斜斜探進桌子底下。根據他剛才的打掃經驗，桌底是最容易堆積垃圾的地方。

抓住木造柄端，歐陽明施著力，將掃把從桌子底下拖出來。

一大團的灰塵、被鉤破的蜘蛛網、細碎的小紙片，以及……

歐陽明疑惑地瞇起眼，從那堆垃圾裡撿起一張照片。

照片裡的背景很熟悉，除了盛開的花朵不一樣之外，其他格局都與宿舍中庭一模一樣。涼亭裡坐著一名黑髮及腰的少女，托著下巴，側著臉龐，似乎不知道自己已經入鏡。

雖然只能看到側臉，但露出的那隻眼睛迷濛得像一泓秋水，眼角下的淚痣透出一抹若有似無的嫵媚。

看著照片裡的少女，歐陽明紅了紅臉，偷偷覷向門口，隨即小心翼翼地將照片收進口袋裡。

傍晚時分，二〇一寢的時鐘發出規律的聲響，秒針答答答地推進著。

雖然已是傍晚，但從窗外天色看去，卻又令人感覺不出絲毫要入夜的跡象。

夏季的夜色總是比其他日子晚降臨，依舊明亮的日光盤踞在天空不肯離去，讓人總錯認為時間還早。

溫暖的光線從敞開的窗口映入，在磨石子地板上勾勒出窗框的形狀，同時也替僅有一人的寢室帶來光亮。

但也可以說因為太過溫暖，以至於到了燠熱的地步。

電風扇的轉動並沒有驅散悶熱的空氣，濕氣加上熱度，使得這不算大的空間就像是個溫熱的水族箱，只差箱裡沒有魚，只有左容一人。

天花板上的老式電風扇已轉至最大風速，嗡嗡嗡的聲響不停在房內迴盪，和房外的唧唧蟬鳴剛好形成一首協奏曲。

桌面上的電腦是開啓狀態，螢幕上透射出來的微光，將左容過於俊麗的眉眼勾勒得更是清晰。就算一點也不想碰電腦，但讓電腦隨時保持開啓，已成爲現在學生的一種習慣。

這也是左容的習慣。

左容坐姿端正挺直，在她身上一點也看不出身材高挑之人常有的駝背習慣，她的視線則是落在書頁上。

左容看得很專心，潔白的側顏有種英氣感，擺放在書頁側邊的手指，則會不時翻頁。

因爲放暑假，學校和宿舍沒什麼人，才會使得這個在平常時候最爲熱鬧的時段顯得格外安靜。

左容移動手指，翻開下一頁，紙張摩擦時發出了沙沙聲。

同一時間，還有另一道聲音響起。

是那種「刷——」有什麼東西被撕開的聲音。

左容像是沒有聽到，她眉眼不動，表情依舊平靜淡漠。

彷彿想要引起左容的注意，聲音再次響起，並且更加明顯，「刷——」這次能聽得很清楚，就像是紙張被人撕開的聲音。

只有左容待著的寢室內，而她又在看書的情況下，有誰能製造出這樣的聲音？

刷——刷——刷——刷——

撕紙條般的聲音接二連三響起，極爲規律。

左容停下閱讀，轉頭看去，紮高至腦後的俐落馬尾隨著動作晃動一下。

然而映入左容眼中的，是空無一人的另一張書桌。上面什麼也沒有。

當她一轉頭，撕紙般的聲音也隨之停止，寢室裡又恢復了靜謐。

看著那張空蕩蕩的桌子半晌，左容再轉回頭，神色未動地繼續手邊的事。沒想到，就在她回頭的瞬間，又有一道聲音響起。

不是撕紙聲，是鞋底踩踏地面、啪噠啪噠來回走動的腳步聲。

左容聽得很明白，也不認為這聲音是房門外有人剛好經過而響起，因為聲音就在她背後打轉，彷彿有誰在她身後不停走動。

啪噠啪噠、啪噠啪噠。

亮著微光的電腦螢幕上模糊倒映出後方景象。

沒有任何人。

但腳步聲卻沒有停止的跡象。

左容表情仍舊沒有太大變化，波瀾不興。她只是伸出手，抓過擱置在鍵盤邊的耳機並且戴上。

激昂的外文歌曲瞬時在耳中大響，不管是撕紙聲或是腳步聲，都被音樂蓋了過去。

聽著音樂的左容重新低下頭，眼中雖然看著文字，心思卻忍不住轉移到其他事情上。

她想著那人害羞結巴的表情，想著那人咧著嘴笑的模樣。

她想要與夏春秋當好朋友，當然，如果是更進一步的，她也絕對不會介意。

□

晚上八點半，黛藍色的天空已變得深沉，濃得像是一刀劃開就會滴下液體。

孟齊坐在窗邊，神色悠閒地看著網路新聞。他不太碰小說，也不是很喜歡玩網路遊戲，那些東西容易讓人玩物喪志。升上高三後的階段無比重要，攸關日後的人生，他不能讓自己出現任何意外。

相較於孟齊整理得有條有理、充滿生活氣息的桌面，另一邊的空間卻是冷清不已，半點人氣也沒有。

孟齊一個人住在一〇六寢。

在綠野高中就讀的外地學生並不多，有時候會出現寢室空置，或是一間房只住一個人的狀況。而孟齊從高一住宿以來，每次抽籤分配寢室與室友的時候，總是那個可以單獨住一間寢室的幸運兒，讓其他住宿生羨慕不已。

不用配合室友的作息，不用在意看影片的音量，即使把寢室弄得一團亂也沒有人會說什麼。

不過孟齊顯然是個自律的人，其他同學來找他時，總會看到另一邊的桌子與床位永遠空蕩蕩的，沒有成爲孟齊堆放雜物的臨時置物架，地板更是乾淨得不得了，纖塵不染。

與孟齊相熟的人都忍不住笑他是不是處女座，或是有強迫症。

孟齊仍舊是一臉溫和的表情，沒有多加解釋。

他一點兒也不在意自己是否可以獨享寢室裡的所有設備，他喜歡的是這個空間徹徹底底屬於他，沒有第三者的侵犯。

今天的網路新聞有些乏味，孟齊看了一會兒便直接關掉網頁，改而登入臉書看看同學們的動態。

不少人都分享了自己暑假時去哪裡、做了什麼，孟齊覺得有趣的就點個讚，後來乾脆拍了張窗外景色的照片貼在自己的塗鴉牆上，很快就有好幾個同學在下方留言，大多是同情孟齊不好好享受高中的最後一個暑假，居然還留在宿舍操勞。

「畢竟有新生提前入住。」孟齊對著螢幕說道，像是在回應那些人，但只有他自己知道，這不過是個藉口。

宿舍還有藍姊在，他這個宿舍長就算不留下來也沒關係，他只是……不想回家罷了。

孟齊的表情閃過瞬間陰鬱。直到臉書留言的通知聲再次響起，才讓他稍稍轉移注意力。

「今年的新生等級如何，有漂亮的嗎？」

有人開玩笑似地留了言，又有幾個人好奇附和。

孟齊想起昨天去生態池之前，在宿舍大門口替夏春秋等人拍的照片。他點開手機相簿，找到那張青春氣息洋溢的合照。葉心恬與林綾站在一塊，明媚的眉眼如同最美的春光，讓他移不開眼。

孟齊忍不住將照片放大，細細端詳葉心恬細緻的五官。開學之後，校花這個頭銜想必非她莫屬。

葉心恬的美麗是外放搶眼的，相較之下，她身邊的林綾容易被遮掩住，但再細看，就會發現她有一種恬靜含蓄的美。

林綾的清幽氣質總讓孟齊不經意想起某個人，那是他心中的疙瘩，是他不想碰觸的……

孟齊打住自己的胡思亂想，退出相簿後便直接關掉手機螢幕，沒有了與同學分享的興致。

正當他要把手機放回桌上時，眼角忽地瞥見黑亮如鏡的螢幕映照出一抹模糊身影。

孟齊心一驚，反射性轉過頭，後方空蕩蕩的，一個人也沒有。

是錯覺嗎？孟齊有些驚疑不定地再舉起手機，將螢幕對著身後，同時小心翼翼地看過去。

什麼也沒有。

孟齊頓時鬆了一口氣，繃著的肩膀跟著放鬆下來。寢室裡只有他一人，又怎麼可能出現其他人的身影？

將剛才的眼花歸咎於自己太過疑神疑鬼，孟齊自嘲地扯了下嘴角，但手機卻遲遲沒有被他放回桌上。

聽說相機可以拍到肉眼看不見的東西。

孟齊緊抓著手機，掙扎著是否要開啓相機模式。他試圖將方才驚鴻一瞥的人影當成錯覺，可是心裡又有一個聲音告訴他，寢室好像眞的有哪裡不對勁。

猶豫了好一會兒，他心一橫地點開相機，推開椅子站起身，將鏡頭對著另一邊的桌位，沿著L形的書桌掃過一遍。

螢幕上顯示的畫面與肉眼所見的景象絲毫不差。

果然是錯覺。孟齊本來還有些懸著的心終於完全落下，雖然這間寢室他只住了半年，不過至今沒有發生任何怪事，現在不會有，以後也……

孟齊的思緒驟然中斷，右手再也握不緊手機，任其掉落在地，發出咚的一聲。

相機的鏡頭還沒有關上，他剛剛將手機拿到身前時，螢幕上無預警出現了一隻眼睛。

由大小與距離判斷，就像是有誰正貼在孟齊的手機前。

但房間裡明明除了他，再沒有別人的存在。

孟齊渾身發冷，駭然看著空無一物的前方，連撿起手機的勇氣都沒有，他僵硬地退了一步又一步。

若有似無的嘆息幽幽迴盪在寢室裡，又像是在他耳邊響起。

孟齊倒抽一口氣，臉上血色盡失，甚至顧不得自己仍赤著腳，拔腿就衝出寢室。

明明是溫度偏高的夏夜，他卻覺得全身像是被人一口氣塞到泡著冰塊的冰水裡，怎樣也抑制不了那股自心頭不斷湧出的寒意。

那是誰？

那是誰！

孟齊甚至不敢去回憶那隻眼睛的形狀。

他跑了一段路才在走廊上停下，心臟怦怦跳動，劇烈得幾乎讓他無法呼吸，他的掌心滲出冷汗，就連後背也是汗水涔涔。

孟齊虛脫般靠著牆壁，摘下眼鏡，抹了一把臉，試圖調整好狀態。

他不希望被誰剛好撞見自己這異於平常的模樣。他是宿舍長，不能在其他住宿生之間引起驚惶，但是他也不知道自己該不該回到寢室去。

正在猶豫，走廊的另一端出口忽然傳來尖銳的電話鈴聲。

鈴！鈴！鈴！

高亢的聲音如同暴躁的小矮人跳上跳下，遲遲等不到有人來中止。

幫忙接電話也是宿舍長的職責之一，暫時壓下那股揮之不去的驚悸，孟齊快步朝大廳奔去。

舍監的房間就在櫃台附近，不過此時卻是房門緊閉，顯然藍姊不在裡頭，這也說明了鈴聲大作的電話爲何至今沒人接起。

孟齊匆匆跑至櫃台前，迅速拿起鮮紅色的話筒。

綠野高中宿舍你好。

他原本是要這麼說的，那一句話已經來到喉頭，幾乎就要脫口而出。

是的，幾乎。

孟齊握著話筒的手指微微發抖，打電話過來的人，不是他預想的老師、學生或家長。

那是一道低柔微啞的女聲，一個幽幽哼唱的沙啞女聲。

我等著你回來，我等著你回來，我想著你回來，我想著你回來。

等你回來，讓我開懷，等你回來，讓我關懷……

手裡話筒就像是高溫焚燒過的炭，又像是一條會咬人的毒蛇，孟齊驚慌失措地扔開它，駭然瞪著鮮紅色的投幣式電話。

在只有他一人待著的宿舍大廳裡，那蒼涼幽怨的歌聲好似還迴盪在耳邊。

孟齊環顧四周，第一次覺得這座大廳空曠安靜得可怕。

他不想回寢室，但也不願再待在這裡。外頭黑壓壓一片，更不是個好選擇。去交誼廳吧，說不定幾個學弟妹正聚在那裡聊天。

孟齊匆匆忙忙邁開步子，速度又急又快，甚至沒有注意到自己撞到了人，只是悶著頭一路往前跑。

「哇啊！」夏春秋被一股突如其來的力道撞得跌坐在地，按著被地板磕痛的右手肘，他慌張地轉過頭，卻只看見孟齊匆匆離去的身影。

眼見對方根本沒有發現自己，夏春秋自認倒楣地從地上爬起來。

不過在搬進宿舍的這幾天，他卻是第一次見著孟齊如此驚慌失措的模樣。在他印象中，孟齊溫文有禮，對他們幾個新生也極為照顧，剛才的情況簡直和以往的他判若兩人。

但不管夏春秋怎麼想，就是無法想出有什麼事會讓對方這樣慌亂。

「可能是有急事吧。」夏春秋費解地撓撓頭髮，只能用這句話當作結論。

他忍不住朝後方又看了一眼，然而卻已不見孟齊身影，映入眼底的是條幽長的走廊。

雖然心裡納悶不已，不過夏春秋還是毫不猶豫地走向投幣式電話，話筒擺得歪歪的，像是被人隨便丟在一邊。

看了看不在原位的話筒，再想想方才倉促跑走的孟齊，夏春秋反射性將話筒貼在耳上，輕輕喂了幾聲。

規律的嘟嘟聲竄進耳裡，夏春秋不禁為自己的這個動作感到好笑。

將話筒重新掛上再拿起，他一邊投幣，一邊在腦海中複誦著夏舒雁家的電話號碼。

手中的一元硬幣都投入之後，夏春秋按著數字鍵，將話筒夾在頸側，等待電話接通。

等待的時間裡，他瞥見放置在櫃台一角的住宿生名冊，便隨手拿起翻閱。由於歷年來的住宿生並沒有很多，所以他很快就看完今年的住宿生名單。

當他翻起去年的住宿名單及寢室分配時，視線忽然頓了頓。

「這個是？」夏春秋詫異地擰著眉，正想再多翻幾頁確認一下，電話卻在這時接通了，一道爽朗女聲從話筒另一端響起。

「喂？哪裡找？」

「小姑姑，是我，春秋。」和面對新朋友時的結巴不同，夏春秋在與親人對話時總是比較順暢。

「唷，春秋，宿舍住得還習慣嗎？」夏舒雁的聲音帶著笑，讓人一聽就覺得心情跟著好起來，「室友怎樣，好不好相處？」

「還……還可以。」夏春秋想起習慣戴著耳機、脾氣狂狷的左易，都有點佩服起可以和對方相處的自己了。雖然大半時候，他還是被左易的脾氣嚇得膽戰心驚。

「那麼，有沒有可愛的女孩子呢？」夏舒雁促狹地問。

「可愛……」夏春秋迅速在腦海裡過濾了一遍人選，真要說起來，葉心恬是他所見過最可愛的女孩子，但與她相處時還是有些提心吊膽，就怕一不小心惹她不高興地豎起柳眉。

「聽你這口氣，應該是有囉？」

「嗯，宿舍有個女同學長得很可愛。」夏春秋老實承認，「其他幾個同學人都很好。」

身材圓滾滾、常在口袋裡塞著零食的歐陽明；外表秀氣卻擁有一身怪力的花忍冬；綁著長辮子、笑起來總是讓人忍不住想親近的林綾；看起來有些冷淡、實際上卻非常照顧他的左容。

除了花忍冬他們有時候會在大清早將他從睡夢中挖起，拖著他去爬山這點，讓他有些棘手外，夏春秋真的覺得這些同學都是好人。

「春秋，如果你對哪個女生有意思的話，千萬不要害羞，儘管來找我吧。憑我這幾年寫小說的經歷，絕對可以替你擬定出一套計畫。」夏舒雁豪氣萬千地說道，但下一秒卻換來夏春秋遲疑的聲音。

「小姑姑……我記得妳是寫恐怖小說的，這個經歷不適合拿來參考吧？」

「呃！」夏舒雁被噎了一下，但很快地，又恢復一貫爽朗的語調，「是男人就不要在意這種小事。」

「追女、女朋友是攸關人生幸福的事，怎麼可以說是小事啊……」在提到「女朋友」三個字的時候，夏春秋的耳朵不自覺紅了紅，一雙細長淡漠的眸子忽地閃現在腦海。

如果夏舒雁在現場，一定可以看到她的姪子背後開滿了粉紅色的花朵。

「所以說，春秋，你果然有在意的女孩子囉？」夏舒雁饒有興味地問。

「小姑姑！」夏春秋有些彆扭地喊著，緊張地朝左右張望一下，確定櫃台附近只有自己一人才鬆了一口氣。

「哎，一段時間沒看到阿藍了，挺想她的，我看我明天去宿舍一趟吧。」夏舒雁笑嘻嘻說道。

阿藍？誰？夏春秋愣了下，隨即才意識到夏舒雁口中的阿藍，指的就是舍監藍姊，「小姑姑，妳跟藍姊很熟嗎？」

「我們可是高中同學。她當初會來綠野，就是我拜託的。」

「啊，難怪……」夏春秋恍然大悟，難怪他剛搬進宿舍，藍姊就對他格外照顧。

「就這樣決定吧，明天我去看阿藍，順便看看春秋你中意的女孩子長什麼樣子。」夏舒雁不容置疑地做出結論。

直到這個時候，夏春秋才意會過來，原來夏舒雁主要目的是後面那個。

「小姑姑，妳來看藍姊就好了，其他人不用特地看啦。」夏春秋難爲情地壓低聲音。

「春秋，你身邊有那麼多人在，怎麼可以說這種話呢？」夏舒雁嘆氣，「我們家的春秋什麼時候變得這麼不懂人際關係了？」

「咦？」夏春秋聽得一頭霧水，「小姑姑，什麼那麼多人？這裡只有我一個人在。」

話筒另一端突然陷入沉默，夏春秋先是愣怔了一會兒，隨即不敢置信地瞪大眼，顫著牙關擠出句子。

「小、小姑姑……妳剛剛是聽到什麼嗎？不然、不然爲什麼會說我身邊有那麼多人？」

夏春秋緊緊抓著話筒，屏著呼吸往身後看了眼，後方走廊安安靜靜，針落可聞。

「春秋，你晚上不要亂跑，就待在房間裡，我明天去找你。」夏舒雁的聲音再次響起，只是沒了先前的明快，反而透出一股嚴厲。

「好、好的。」

夏春秋忙不迭應允下來，背後冷汗涔涔，一個念頭不斷閃過腦海，但卻不想承認。

他嚥了嚥口水，手指僵硬地掛回話筒，四肢微微發顫，想要邁出腳步，卻覺得雙腳像被石頭壓著。

電話另一端的夏舒雁，是如何判斷出他這邊有很多人呢？

夏春秋心臟重重跳了一下。

是聲音。

夏舒雁聽到了聲音，吵鬧得像是有很多人在講話的聲音，但夏春秋身邊明明一個人也沒有。

第九章

今天宿舍格外吵雜，但又與一群人聚在一起鬧翻天的情況完全不同，劃破寧靜氣氛的是來來回回的腳步聲，以及舍監藍姊的怒吼聲。

「混帳王八蛋！這個時候去什麼夏威夷！我管你有多久沒放假了，宿舍裡有三個學生發燒，你這個當醫生的不過來，像話嗎！」

藍姊口中的三個學生，除了熱度不退的葉心恬之外，就是花忍冬與孟齊了。

花忍冬因爲昨天睡覺時踢被子，露出了光滑的肚皮，偏偏放在床尾的電風扇還調成最大風速，想不感冒都難；至於孟齊的發燒，原因不明，從昨天開始便陷入了昏沉狀態，身體發燙，連呼吸都變得不順暢。

一早起來發現三人都在發燒，藍姊立即撥電話至村裡唯一的診所，然而那位頭髮花白、戴著老花眼鏡的醫生，卻剛好在今天安排假期，前往渡假的地方還是遙遠的夏威夷。

端著臉盆從一〇六寢走出來，夏春秋縮著肩膀，悄悄躲在角落覷著櫃台的情況，深怕藍姊一怒之下會摔掉手裡的話筒。

由於歐陽明負責照顧花忍冬，林綾與左容在二樓照料葉心恬，因此看護孟齊一事，便由夏春秋負責——左易擺明不想管閒事。

正當夏春秋放輕腳步、準備走向浴室時，耳邊聽見藍姊惡狠狠地拋下警告。

「沒有人可以載你上山是吧？我去載你！給我乖乖待在診所裡，不許亂跑。如果讓我找不到人，我就詛咒你！」

喀的一聲，藍姊重重放下電話，抬起頭時恰好瞥見僵在一旁的夏春秋。

「小夏，你過來一下。」藍姊一手揉著太陽穴，一手朝少年招了招。

「好、好的。」夏春秋戰戰兢兢地小跑步過去。

「我待會要下山，你們待在宿舍裡照顧那三個。廚房裡有粥，餓了就先舀來吃。」藍姊的表情看起來很煩躁，但還是有條不紊地將事情一件件吩咐下去。

「藍姊，妳要怎、怎麼下山？」夏春秋一邊記著要注意的事項，一邊問道，他記得藍姊的摩托車昨天突然無法發動，還沒請機車行的人上來。

「嗯，騎腳踏……」最後一個「車」字還留在舌尖，她忽地停頓了下，做出側耳傾聽的動作，細細的眉毛挑起。

藍姊的動作讓夏春秋也跟著豎起耳朵，隨即便聽到一陣噗嚕噗嚕的聲音飄了進來，似乎是摩托車的引擎聲。

下一秒，夏春秋立即確定，那是摩托車的聲音沒錯。只不過那輛噴著一長串白煙的紅色小五十機車，看起來異常眼熟。

「春秋、阿藍。」

接在緊急煞車聲之後是一道明快的嗓音，車上的騎士摘下安全帽，露出一張脂粉未施的白淨臉龐。鼻梁上的黑框眼鏡有些滑落，但很快又被推了上去。

「雁子？」

「小姑姑？」

夏春秋與藍姊吃驚地看著突然出現的夏舒雁，但很快他便想起昨天的通話內容。那時候夏舒雁的確說過，她會來宿舍一趟。

「哥哥。」

無預警響起的稚氣童音讓夏春秋愣怔了一下，如果說剛剛看到夏舒雁時有一些吃驚，那麼他現在的心情就是錯愕了。

「小、小蘿？」

看著從夏舒雁背後探出來的白嫩臉蛋，夏春秋一時半會兒還沒回過神，仍戴著安全帽的夏蘿手腳並用地爬下摩托車，踩著小皮鞋跑到夏春秋身邊。

「小姑姑，這是怎麼回事？爲什麼小蘿也來了？」看著抓住自己一截衣角的妹妹，夏春秋習慣性環住她的肩膀。

夏舒雁還來不及開口，藍姊已一個箭步上前，眼明手快地將夏舒雁從車上抓下來，「雁子，車借我，我有急事要下山一趟！」

「喂，阿藍、阿藍。」安全帽被搶走、機車被騎走，夏舒雁只能錯愕地站在原地，看著對方迅速消失在視線之中。

夏春秋刮了刮臉頰，吶吶地解釋：「小姑姑，藍姊不是故意要搶走妳的車，她只是……想盡快去把醫生帶上來。」

「醫生？我記得那個老頭子今天要去夏威夷渡假啊……」夏舒雁反射性接話，但隨即發現到有哪裡不對勁，「等等，春秋，你說阿藍要去找醫生？她生病了嗎？」

「不是藍姊，是我們宿舍裡的學生，有三個人發燒了。」夏春秋眉眼浮現擔心，「雖然已讓他們吃了退燒藥，可是熱度一直退不下去。」

「這麼嚴重？」夏舒雁不禁皺起眉，「你帶我去看看吧。」

「小蘿也要一起跟著嗎？」夏春秋牽起妹妹柔軟的小手。

「先讓小蘿待在你房間好了，你的室友應該沒發燒吧？」夏舒雁問道，看到夏春秋搖搖頭，臉上卻露出一抹欲言又止的表情。

「我的室友比較……呃，特別一些。」夏春秋稍稍將句子修飾了下。

「夏蘿可以照顧自己。」似是察覺到兄長的憂心，夏蘿仰起蒼白小臉，童稚的聲音充滿堅定。

「沒關係，小蘿待在哥哥的房間就好。」夏春秋揉了揉妹妹柔軟的頭髮，攢緊了手，「如果、如果左易敢亂來，我一定跟他拚了。」

說出這句話的時候，夏春秋不自覺又結巴了，顯示出左易的壞脾氣在他心裡留下深刻的陰影。不過跟自己最疼愛的妹妹比起來，那些事完全算不上什麼。

夏蘿聽見自家兄長極輕的自言自語，稚氣的小臉雖然沒什麼表情，但兩隻耳朵卻已變得通紅。

夏家兄妹害羞時，都容易反應在耳朵上。

「走吧，春秋。」夏舒雁示意落後的兄妹倆跟上她，「你的房間在哪？」

「一〇四。」夏春秋牽著夏蘿跟著小姑姑走進宿舍，從左邊的走廊轉過去，很快就看到他的寢室。

木製門板並沒有完全掩上，夏春秋往裡面一推，登時看見左易如同往常般戴著耳機坐在窗邊，修長的雙腿擱在桌上，暗紅的頭髮被陽光照得熠熠發亮，像是鍍上一層金粉似的。

「春秋，你的室友很帥嘛。」夏舒雁忍不住吹了聲口哨。

帥氣歸帥氣，但是脾氣就……夏春秋暗暗苦笑，他看見左易轉過頭來，那雙狹長的眼透出質問，彷彿淬上一層凌厲的金屬光澤。

夏春秋嚥了嚥口水，緊張得想要後退一步，但那隻握在掌心裡的小手讓他壓下了這個念頭。

「左易，這是我妹妹夏蘿，另一位則是我的小姑姑。」夏春秋竭力使自己聲音平穩，不要出現結結巴巴的狀況。

出乎夏春秋意料的，左易竟然摘掉耳機站起身，雖然聲音還是一如往常張狂，卻是稱得上有禮地打了個招呼。

「我、我跟小姑姑要去樓上看小葉她們，小蘿就先待在這邊。」預想中的不馴語句沒有出現，夏春秋不由得鬆了一口氣，牽著夏蘿來到左易面前。

「小蘿很乖的，她不會吵你。」夏春秋想了想，又補上這一句，同時不斷用眼神暗示「你絕對不可以動她一根頭髮」。

「夏蘿會很安靜。」膚色白皙的小女孩認真說道。

看著被長長劉海遮住眼睛的夏蘿，左易冷淡地應了聲，對夏春秋的緊張反應嗤之以鼻。

將夏蘿抱至自己的椅子上，夏春秋摸摸她的頭，輕聲說道：「等下哥哥就回來了，如果累了想睡覺，就在桌上趴一會，或是到上面去睡。」

夏蘿抬頭看向上鋪，乖巧地點點頭，安靜看著兄長與小姑姑離開。

二樓走廊響起兩道腳步聲，夏春秋與夏舒雁並肩走著，不時可以聽見音色明亮的女聲揚起又落下。

「春秋，那位發燒的女同學住哪間寢室？」夏舒雁側頭詢問，長及背部的黑髮已用鯊魚夾夾起，不再亂七八糟披散著。

「二〇四寢。」夏春秋比向前方不遠處，依稀可以看見其中一扇門板是敞開的。

「這種天氣竟然會有三個人發燒？眞是奇怪啊。」夏舒雁摸著下巴，露出匪夷所思的表情，「我是有聽說過夏天感冒的是笨蛋這種說法啦，不過你那兩個同學還有學長，聽起來不像是這種類型。」

「小姑姑……」夏舒雁的發言讓夏春秋苦笑了下，「不是這樣說的吧。」

「那麼，我換個說法好了。」夏舒雁瞇起眼，以審視的目光看向姪子，「你們之前有做過什麼事嗎？」

「什麼事？」夏春秋困惑地停下腳步，看著褪去笑意之後顯得嚴厲的夏舒雁，「我們曾在房間裡講鬼故事，去爬山，還在中庭玩球，但是不小心打破了玻璃窗……呃，那個眞的不是故意的。」說到後來，夏春秋才發現他連不該講的事也說出來了。

「你們把玻璃窗打破了？」夏舒雁挑高眉，黑框眼鏡下的眸子透出質問。

「對、對不起。」夏春秋羞愧地垂下頭，「給小姑姑添麻煩了……」

「笨春秋。」夏舒雁敲了夏春秋腦袋一下，「打破玻璃這種事沒什麼好在意，有我在，阿藍不會對你怎樣的。我在意的是，你們什麼地方的玻璃窗不打破，偏偏打破宿舍的。」

「有什麼差別嗎？」夏春秋吶吶問道。不都是打破玻璃窗？

「我們先去看那扇破掉的窗戶。」夏舒雁也不囉嗦，抓著夏春秋的手繼續往前走，在經過二〇四寢的時候，完全沒有停下腳步。

反倒是房裡的林綾聽到聲音探出頭來，卻看見夏春秋慌慌張張地跟她打了個招呼。

「我、我之後會解釋的。」

夏舒雁側過頭，眼角餘光瞄到林綾的身影，「很有氣質的女孩子，是你喜歡的人嗎？」

「小姑姑，妳、妳不要亂說！」夏春秋紅著臉反駁，「妳不是要看破掉的玻璃窗嗎？」

「我沒忘記。」夏舒雁拉著夏春秋繞過二一〇寢，很快來到交誼廳。

玻璃窗中央有個窟窿，為了防止冷風灌入，所以先用膠帶把那個地方補起來，不過從窟窿周遭蔓延出去的裂痕，卻讓人聯想到蜘蛛網。

看著那扇用膠帶勉強補起的窗子，夏春秋頓時心虛不已。雖然不是他打破的，不過在院子裡玩球他也有份，所以不能說完全沒關係。

夏舒雁站在玻璃窗前俯視外頭景象，無論是紅色的涼亭，還是種植在庭院的花花草草，皆清楚映入眼底。

「春秋，我問你，所有事情是不是都在打破玻璃窗之後發生的？」夏舒雁的聲音滲出嚴肅，不像之前那般明朗爽快。

「所有的事情？」夏春秋愣了下，一時無法反應過來。

「啊，就是你同學發燒，還有那些不對勁的事。」夏舒雁轉過身，雙手抱在胸前，背對陽光讓她身上多了一層陰影。

「不對勁」三個字的聲音特別重，夏春秋腦海裡立刻晃過了提議講鬼故事的不明人物、半夜的奇異歌聲，以及夏舒雁在電話裡聽到的嘈雜人聲。

不、不只是他，聽說花忍冬和葉心恬也遇上怪事，就連孟齊學長在撞到他的那一晚，神色也是無比驚慌失措。

現在把這些事情在大腦裡過濾一遍，夏春秋驚駭發現，宿舍裡的不平靜，的確是從打破玻璃窗那一天開始的。

看到夏春秋驟然刷白的臉色，夏舒雁就明白了。她嘆氣似地垂下眼角，一把抓起夏春秋細瘦的手腕，邊走邊開口。

「春秋，你知道綠野宿舍是八卦形吧？」

「咦？啊，我知道……」再次被對方抓著走，夏春秋的聲音出現瞬間的停頓，但很快又恢復過來。

「因爲學校後山就是墓地，爲了怕住宿生遇到不好的東西，才會特地設計成八卦形，並且請堇姨施法加持……堇姨是我們村裡的師婆，專門幫村人消災解厄。」夏舒雁腳步又急又快，在走廊上造成明顯回音。

「師、師婆——？」夏春秋愣住了，他第一次聽說「師婆」這個名詞。

「說是巫師或女巫也可以，不過拜託你別想到什麼紅白巫女服去。」夏舒雁睨了他一眼，阻止姪子的胡思亂想。

夏春秋赧著臉，有點兒心虛，他剛剛的確聯想到穿著紅白巫女服的可愛女生。

「宿舍裡的所有窗戶都是堇姨加持過的，如果只是單純換扇窗，情況還是不會改變。」

「那、那要怎麼辦？」夏春秋慌張地問，他想起了還發著燒的三人。

「我們去後山找堇姨，請她來宿舍一趟。」夏舒雁果斷做出決定。

或許是因爲寬敞的走廊上只有他們兩人，所以講話的回音格外明顯，連帶引起二〇一寢主人的注意。

房門被打開，紮著馬尾、一身休閒服的左容站在門口，在看到夏春秋被抓著的手腕時，一雙狹長的眼瞬間瞇了起來。

「請問妳是？」淡漠的嗓音沒有起伏，卻讓人聯想到收起爪子的獸。

「啊，左容，這是我姑姑，不、不是什麼可疑人士。」發現自己被拖著走的窘態被看到，夏春秋連忙解釋，就怕左容誤會了。

而夏舒雁在看見身形高挑的左容時，頓時訝異地停下腳步。她當然沒有忘記二樓是女生寢室，所以說……

「女的？」夏舒雁微微偏過頭，悄悄問著夏春秋。

「小姑姑！」夏春秋緊張地壓低聲音，在對方面前問這種問題實在太失禮了。

看著夏春秋慌張的模樣，再看向左容得知她身分後卸下防備的表情，夏舒雁隱約察覺到某種曖昧的氛圍。

她饒有興味地揚起唇角，對著左容問道：「要不要一起來？」

左容沒有問「去哪裡」，或是「你們要做什麼事」，她只是點點頭，反手關上房門，跟上兩人的步伐。

這瞬間，夏舒雁確定了她心中的猜想。

□

正當夏春秋三人準備前往後山之際，待在一〇四寢的夏蘿覺得腦袋昏沉沉，好像有什麼壓在裡面，讓她不舒服地皺起眉毛，兩隻小手握得緊緊的，坐在椅子上縮成了蝦球狀。

「想睡就上去睡。」對面的左易放下書，像是看不下去般睨了過來。

夏蘿知道他誤會了，但也沒爭辯什麼，只是輕輕點點頭，將縮在椅子上的腳放下來，光溜溜的腳丫踩著地板來到扶梯前，伸出兩隻手抓住梯柱，嘿咻一聲，試圖撐起自己的身體。

但才爬了沒幾階，她就覺得四肢沉甸甸的，使不出力量，腳下一滑，嬌小的身體瞬間驟失平衡，從上頭滑了下來。

夏蘿甚至做好了摔在地上的心理準備，眼睛閉得緊緊的，等待疼痛襲來。

但背部碰到的卻不是硬邦邦的地板，而是有著熱度的懷抱。夏蘿小心翼翼張開一隻眼，然後再把另一隻眼睛也張開，雖然長長的劉海垂在眼前，但還是可以看到左易滿是不悅的俊美臉孔。

「妳在搞什麼，連梯子都不會爬嗎？蠢死了。」左易瞪著懷中縮成一團的小女孩，張狂的聲音充滿不耐。

「夏蘿當然會爬樓梯。」夏蘿睜著一雙圓黑的眸子，不開心地推開左易的胸膛。

「是嗎？憑妳這虛弱的樣子？」左易惡意地從唇邊拉出一抹弧度，嗤笑道。

夏蘿用力抿著小嘴，沒有回話，兩隻小手再次朝著梯柱伸出，想要證明自己可以做到。

「算了吧，小不點。」左易嘲弄地看著夏蘿不服輸的舉動，手臂一個使勁，將嬌小的身軀整個抱起。

突如其來的懸空感讓夏蘿反射性圈住左易的脖子，隨即發現自己的身體被托了起來，一隻手臂就橫在她的屁股下；而左易則是單手抓住梯柱，毫不費力地抱著她爬上床鋪。

夏蘿茫茫然瞠著眼，沒有想到說話刻薄的左易竟然會出手幫忙，不只將她帶上了哥哥的床位，甚至還將她塞進棉被裡，替她掖好被角。

「老子今天心情好。」左易咧開嘴，露出森白的牙齒，伸手在夏蘿頭髮上揉了揉，「快睡吧，小不點。」

「夏蘿不是小不點。」她忍不住抗議，但昏沉的頭腦讓她音量小了許多，細如蚊蚋。

「是嗎？」左易不置可否地說，帶著嘲諷的語氣。修長手指落到夏蘿的劉海，看到那幾近遮住視線的長度，忍不住咂了咂舌。

「妳沒事把自己的眼睛遮住幹嘛，不怕看不到路？」

「遮住了……才看不清楚。」夏蘿伸出兩隻手壓著劉海，不想被左易撥開。

「看不清什麼？」左易質疑地挑高眉，俊美得過分的臉孔滑過不以爲然。

「夏蘿不想講。」將被子拉高到頭頂，夏蘿縮在棉被裡，像隻消極的小鴕鳥一樣，拒絕回答這個問題。

左易冷哼一聲，右手飛快伸進被子裡，掐著夏蘿軟綿的臉頰，「喂喂喂，這是對待救命恩人的態度嗎？」

夏蘿被捏得有點生氣，抓住左易的手指，張嘴就是一咬。

「好樣的，小不點，竟然敢咬我？」抽出被咬出一圈小小齒痕的手指，左易陰沉著臉，眼裡泛起不悅。

「是你先捏夏蘿的臉。」夏蘿從棉被裡探出頭，說出這句話之後又飛快縮回去。但躲在被窩裡數秒之後，她又悄悄把被子往下拉一些，露出了小半張臉。

「剛剛送夏蘿上來，謝謝你，但是不能因爲這樣就捏夏蘿的臉。」夏蘿認眞說道，聲音帶著稚氣，但沒有明顯情緒起伏。

左易愣怔地看著膚色白皙、面無表情的小女孩，下一秒，忽地發出噗嗤大笑。

「妳還眞是可愛啊，小不點。」左易瞇起眼，輕彈一下夏蘿的額頭，「快點睡，妳哥回來的時候，我會叫妳起床。」

夏蘿原本想點點頭，事實上，她一直覺得身體軟綿綿的，沒什麼力氣。一股讓人不舒服的悶熱感盤踞在身體裡，彷彿連呼出來的空氣都是熱的。然而當她的視線對上左易身後的某一點時，她忽地將被子猛然拉高，蓋至頭部。

「哪有人像妳這樣睡覺的啊。」左易沒好氣地嘖了聲，「我要下去了，有事再叫我。」

聽到這句話，夏蘿又慌慌張張地從被窩裡探出頭，小手緊緊抓著左易的手臂，細小的手指抓握的力道卻出乎意料地大。

「聽夏蘿的話，不要回頭。」夏蘿輕聲說道。

「妳這是什麼意思，小不點？」左易的聲音滲出了警告意味。就算不討厭這個奇特的小女孩，他還是不喜歡被人如此命令。

「不要回頭。」夏蘿又重複了一次，黑澈的眼睛瞠得大大的，像是在瞪著哪裡似的。

第十章

左易一開始以爲視線的焦點是他，那讓他不太愉快，但觀察了一會兒，他發現夏蘿瞪視的是他的身後。

左易皺起眉，無視夏蘿欲言又止的神情，下意識回過頭，然而下一秒，映入眼底的卻是一片慘白。

一張倒垂的白色臉孔貼在他眼前，濃黑的眼珠子轉了幾圈，嘴巴越咧越大，幾近要咧到耳後，彷彿一道彎月割開了臉，露出裡頭鋸齒狀的尖細牙齒。

「幹！」左易扭曲著臉，反射性朝那張無血色的臉孔揍去，但挾帶勁風的拳頭卻像碰觸到鬆散的薄霧，瞬間穿透對方。

有著尖細牙齒的臉孔像是發出嘲弄的笑聲，咧咧嘴，化成細碎的殘影消失了。

左易僵著臉看著自己的手，再看向已空無一物的位置，隨即慢慢轉過頭，瞪著緊緊咬著嘴唇的夏蘿。

「那是，怎麼回事？」左易聲音低啞，彷彿磨過砂紙一般，「妳倒是給我說清楚啊，小不點？」

夏蘿沒有迴避那雙瞪視自己的凶惡眸子，輕輕撥開劉海，露出隱在底下、像水晶般剔透的黑色眼睛。

「夏蘿不知道那是什麼，只知道除了爸爸、哥哥和小姑姑以外，接近夏蘿的人很容易看到那種東西。」稚嫩的聲音不帶抑揚頓挫，彷彿在陳述一件再平常不過的事情，「所以夏蘿才叫你不要回頭。」

左易怔怔地瞪著夏蘿蒼白的小臉，腦海裡突然浮現剛才她說過的話。

「遮住了……才看不清楚。」

「小不點妳……」他張口想說什麼，卻又立時頓住，眼角瞥見夏蘿的兩隻小手攢得緊緊的，像在竭力忍耐著。

他想起從剛剛到現在，夏蘿只是用力抓住他的手，叫他不要回頭。明明是那麼可怕的東西，就連他見了都不禁湧起涼意，但夏蘿卻一句驚呼都沒有發出，只是壓抑著、忍耐著。

這個年紀的小鬼多半幼稚、愛鬧脾氣，但眼前的黑髮小女孩就像帶著一身蒼茫的色彩，沉重，卻又如此惹人憐愛。

沉默半晌後，左易忽地拋出沒頭沒尾的詢問：「妳哥知道這件事嗎？」

「哥哥不知道，因爲夏蘿沒有告訴他。」

「所以我是被妳這個小不點牽拖了？」左易扯開嘴角，看見夏蘿抿著小嘴，像是在等著宣判一樣的神情，一向戾氣十足的眼罕見地滑過一抹柔軟。

「喂，幹嘛一副要哭出來的表情，我有說要對妳怎樣嗎？」他伸手捏了捏夏蘿的臉頰，聲音既張狂又不馴，「既然妳那個小矮子哥哥不知道，就不用讓他知道了。之後，只要妳覺得害怕，就直接來找我。」

夏蘿吃驚地睜大眼睛，「會看到那些東西喔……」

「啊啊，看到就看到。還挺有趣的，不是嗎？」左易揉了揉夏蘿的頭髮，「所以不要再把眼睛遮起來了，醜死了。」

夏蘿微微蠕動著嘴唇，含在裡頭的聲音讓左易聽不真切，他乾脆低下頭，將耳朵湊過去，隨即就聽到悶悶的聲音傳了出來。

「……不許說哥哥的壞話，哥哥才不是小矮子。」

左易額角頓時迸出一條青筋，皮笑肉不笑地將這筆帳記在夏春秋頭上。

「哈啾。」夏春秋打了個噴嚏，他揉揉鼻子，不知剛才竄過背脊的冷意是怎麼回事，但隨即把它歸咎於山裡的涼風。

「會冷嗎？」左容關切地問。

夏春秋搖搖頭，有些羞赧地回以一抹不用在意的笑容，「沒、沒什麼。」

「說不定是有人在說你的壞話吧，春秋。」走在前頭領路的夏舒雁打趣道，「打一次噴嚏是有人在罵你，兩次噴嚏是有人在想你，三次就是你感冒了。」

「那種事不、不……哈啾！」夏春秋打出第三個噴嚏，隨即一隻細白的手伸到他眼前，遞來衛生紙，「啊，謝謝。」

夏春秋紅著臉，接過左容給的衛生紙摀著鼻子，沒有注意到那雙細長深邃的眼正盯著他不放，浮現出滿足又愉悅的光芒，但這絲情緒很快就消逝不見，回歸沉穩。

一邊指引路線、一邊用眼角餘光注意後方，夏舒雁若有所思地摸摸下巴，她看到了左容的眼神。

「小姑姑，還有多久才可以找到堇姨？」

夏春秋的聲音有些含糊地傳來。

「啊，就在前面。」夏舒雁指著前方不遠處。

從宿舍離開後，夏舒雁領著夏春秋和左容，三人沿著蜿蜒的小徑向上走，來到了上次夏春秋與林綾眺望山下的地方。但她的腳步並沒有停下，反而繞過山頭，往另一邊前進，來到了山背處。

長長的雜草擦過小腿，帶來一陣陣痲癢感，不過夏春秋渾然不在意，他的注意力都被映入眼簾的滿山墓碑拉去了。在一片低矮的墳墓邊緣，有一幢老舊建築物，斑駁的色澤顯示出已存在許久。

「那就是堇姨住的地方。」示意後方兩人小心腳下，夏舒雁動作嫻熟地避開一個個小土包。

與夏舒雁的俐落相比，夏春秋就顯得笨拙許多，好幾次險些踏上墓碑後凸起的小土包，幸好左容總是及時拉住他，才不至於讓「褻瀆死者」的事情發生。

「小姑姑，爲……爲什麼堇姨要住在這裡？」好不容易穿過重重墳墓，夏春秋壓著膝蓋，低頭喘著氣問道。

「因爲我是村裡的師婆兼守墓人啊，小鬼。」

低啞的女聲猛地響起，伴隨著一股淡淡的菸味。

夏春秋吃驚地抬起頭，這才發現屋子的門不知何時被打開了，手裡拿著菸管的中年女人正倚在門邊，黑色長髮盤成髻，露出風韻猶存的嫵媚臉孔，薄薄嘴唇彎起一抹冷淡的弧度。

「妳好，堇姨。」夏舒雁微笑地打了個招呼，「我帶我們家的春秋，以及他的同學左容來看妳了。」

「呼……小鬼，這次沒中暑了啊。」堇姨抽了口菸，對著夏春秋噴出淡淡的煙圈，微嗆的菸味讓他忍不住咳了咳。

夏春秋看著嫵媚卻透著冷淡的中年女人，難爲情地朝對方點點頭。

「堇姨，我們這次來是為了……」夏舒雁欲說出來意，卻被堇姨抬手打斷話。

「已經有人告訴我，這次宿舍來了幾個有趣的孩子……啊，是挺有趣的，託這幾個孩子的福，那些傢伙才能進去宿舍搗蛋。」

堇姨的聲音像是帶著一絲嘲諷，夏春秋偷偷覷了一眼，發現她正似笑非笑地看著自己，連忙慌慌張張地移開視線，卻注意到屋裡還有一道嬌小的身影。

穿著紅色洋裝的小女孩正一下一下地拍著皮球，像是沒有察覺到門外的客人。

「堇姨，春秋有幾個同學情況不太好，應該是『他們』惡作劇過了頭。能不能請您跟我們去宿舍一趟，把『他們』勸走呢？」夏舒雁苦笑地說。

「就算我把他們勸走，情況還是不會好轉的。」堇姨吸了口菸，吐出薄薄的白色煙圈，「因為讓那幾個孩子變成這樣的，可不是他們……妳說對吧，小葵？」

突然出現的陌生名字，讓站在門外的三人一愣，但夏春秋隨即看到屋裡的小女孩停下拍球的動作，細聲細氣地說道。

「嗯，不是我們害的。那個院子住著一個可怕的人，因為你們把窗子打破了，她才能進到屋子裡面。」

「可怕的人？」夏舒雁擰起眉，朝夏春秋遞去一記詢問的眼神。

夏春秋茫然搖搖頭，他的心思都被那個「可怕的人」引走了，因此沒有意識到小女孩口中的「我們」是什麼意思。

左容卻注意到了，然而那雙深黑的細長眸子只是淡淡地掃過小女孩，一句話也沒說，沉默得像是毫不在意。

「就是這樣。」堇姨細長的手指挾著菸管，神色冷淡，「等你們找到了罪魁禍首之後，我就會去宿舍把『他們』勸走。」

「堇姨……」夏舒雁不死心地喊道。

「回去吧。自己捅的婁子自己解決，我可沒興趣幫外地來的小鬼擦屁股。」

「但是春秋他——」

「他跟妹妹都不會有事的。」最後十個字劃下對話的休止符，堇姨不再開口，只是靠在門邊抽了一口菸，送客之意不言而喻。

「眞沒辦法。」夏舒雁傷腦筋地嘆了口氣，拽過還愣在一旁的夏春秋，同時以眼神示意左容動身。

「只好我們自己想法子解決了。」

□

夏春秋三人在後山與堇姨交談之際，一〇一寢裡的花忍冬正發出悶悶的呻吟，捲著被子翻來覆去。

他的大腦依舊昏昏沉沉，身體的不適讓他連呼出來的氣息都帶著熱度。

「花花，你還好吧？」聽到上鋪動靜的歐陽明抬起頭，臉上滿是擔心。

「不好……」花忍冬軟綿綿地撐起身子，趴在床沿，「那個醫生開的退燒藥根本沒用，人家還是覺得很難受。」

原本已經預定要去夏威夷渡假、卻被藍姊強行帶來的醫生，幫正在發燒的三人看完診之後，就在剛才，已立即緊張兮兮地要藍姊送他下山，免得趕不上飛機。

只要一想起那年過半百的老醫生摸著他的額頭，又檢查了他的舌頭，然後用聽診器診視心律起伏，結果結論卻是「只是單純的發燒，沒什麼問題」，花忍冬就忍不住想要抓著醫生的衣領搖一搖。

哪裡是單純的發燒？沒看見他難過得快死掉了嗎？

「退燒藥的作用沒那麼快啦。」看著室友不滿的表情，歐陽明出聲安撫，「你再回床上躺一下。」

「人家已經躺得夠久了。」花忍冬喃喃抱怨，細長秀氣的眼睛低垂著，恰好看見歐陽明手裡抓著一張照片，頓時被挑起興趣，「歐陽，你手上是誰的照片？」

「啊，這個、這個……」歐陽明手忙腳亂地想要藏起照片。

「藏什麼？人家又不會把你的照片吃掉。」花忍冬沒好氣地瞪他一眼，歐陽明一副作賊心虛的表情，反而更挑起他的好奇心。

「其實……這張照片是我偶然間撿到的。」歐陽明胖乎乎的臉上泛起一抹紅暈，有些難爲情地走到花忍冬床位下方，將照片舉高，「我覺得有點像林綾。」

「什麼？林綾？」花忍冬一聽，立即斂去原本漫不經心的神色，顧不得自己身體仍虛軟無力，使勁地伸長手臂想要搶過照片。

「咿！花花你的表情好嚇人！」歐陽明嚇得反射性後退一步，頓時拉開花忍冬與照片的距離。

「歐陽，你什麼時候偷拍了林綾的照片？是不是朋友，是朋友就把照片交上來！」花忍冬上半身幾乎掛在床沿上，一不小心就會摔下去，讓歐陽明看得心驚膽跳。

「花花，你小心一些啦，這樣子很危險耶，我把照片拿上去給你看總行了吧？」

「這還差不多。」花忍冬縮回身子，抱著枕頭等候。

歐陽明嘆了口氣，一手抓著照片，一手抓著梯柱，手腳並用地爬上室友的床位，胖胖的身子一屁股坐上床沿。

花忍冬立刻湊過去，迅速搶走對方手上的照片，完全看不出先前還嚷著自己不舒服。

照片裡的背景是中庭的紅色涼亭，裡頭坐著一名黑髮及腰的少女，托著下巴，臉龐側著。雖然只能看到側臉，但露出的那隻眼睛形狀優美，迷離得像一泓秋水，眼角下的淚痣透出一抹若有似無的嫵媚。

「……什麼啊，不是林綾嘛。」花忍冬意興闌珊地將照片還回去。

「我明明是說長得有點像林綾，是花花你自己不注意聽的。」歐陽明小心翼翼地拿著照片，專注端詳著裡面的少女。

看著室友傻乎乎的表情，花忍冬忍不住搖搖頭，全然忘記自己方才的舉動也理智不到哪裡。

「這是宿舍中庭吧，所以她也是住宿生囉？」花忍冬托著下巴，探詢似地瞄著歐陽明。

「應該吧，我是在打掃空房間的時候撿到照片的，不知道是哪一屆的學……」歐陽明忽地沒了聲音，最後一個「生」字像是被誰突然掐掉。

「歐陽？」花忍冬不解地看著室友猛然刷白的臉色，原本半瞇著的小眼睛也瞪得大大的，充滿驚慌。花忍冬順著他的視線看過去，盯住那張看似平常卻又有點不同的照片。

照片裡的少女依舊托著小巧的下巴，膚色白皙，陽光在那張精緻的臉龐上落下鍍金般的光澤。

然而與剛才看到的有所不同，少女的側臉正逐漸轉過來，一雙形狀優美的眼睛迷離又瀲灩，宛如盈盈秋水，瞬也不瞬地注視著花忍冬與歐陽明。

粉色嘴唇緩緩拉開，彎成一抹奇異卻美麗的弧度。

「啊啊啊啊啊啊——！」花忍冬與歐陽明同時發出慘叫，高亢的聲音像是要割破宿舍的寧靜。

「丟掉！把照片丟掉啊！」花忍冬驚駭大喊，隨即看到歐陽明慌張地甩掉照片，然後那張照片輕飄飄地落到了床尾。

下一秒，花忍冬發出更加慘烈的叫聲：「歐陽你這個混帳王八蛋！爲什麼要丟在人家的床鋪啊！」

「現在不、不是爭論這個的時候吧，花花你快點下來啦！」雖然身體圓滾滾，但歐陽明的動作卻很迅速，已經手腳並用地爬下梯柱，站在地板上催促。

「可惡，人家總算看清你了……」花忍冬惡狠狠瞪著下方小胖子，從嘴裡迸出的每個字都帶著熱度，讓他覺得體溫又變高了，「這種時候動作就特別快，人家可是病人耶……」

未退的熱度讓花忍冬動作遲緩不少，他一邊喘著氣，一邊小心翼翼抓緊梯柱，一向覺得輕而易舉的下樓梯動作，現在卻變得如此艱難。

「花花，床、床床床床尾——」歐陽明的聲音抖得像在跳針。

花忍冬反射性往床尾一看，五根細白柔軟的手指如同蓮花開綻，妖嬈地映入他眼底。

那張被扔置在床尾的照片，不知道什麼時候已經化成一灘泛著幽藍光澤的水窪，照片裡的少女輕輕從水面伸出手，搭在床鋪上，緩緩撐起冷白色的身體。她彷彿終於掙扎桎梏般，揚起迷離似水的眼眸，眼角下的淚痣美麗得令人心驚。

花忍冬渾身哆嗦，背後冷汗越滲越多，最後手腳不禁一軟，頓時沒了抓住梯柱的力氣，如同失墜的風箏，跌了下來。

幸好下方歐陽明眼明手快地接住花忍冬，他看了一眼上頭那蒼白得不可思議的少女，只是多盯幾秒，就覺得全身發毛，雞皮疙瘩都浮上皮膚，他連忙收回視線，將花忍冬的一隻手臂架在自己肩膀上，慌張地衝出一〇一寢。

身後是少女幽幽的嘆息聲，以及輕柔卻又蒼涼的歌聲緩緩響起……

第十一章

這是關門的聲音，這是門被鎖上的聲音，然後是喇叭的開關被人按下。

熟悉的低啞女聲正唱著她的蒼涼與哀愁。

我等著你回來，我等著你回來，我想著你回來，我想著你回來。

等你回來，讓我開懷，等你回來，讓我關懷……

這是她和那個人一直都很喜歡的一首歌。少女模糊地想著，她感覺自己現在是躺著的，但卻分辨不出究竟躺在哪裡、躺在什麼上面。她連背部此刻碰觸到的材質是堅硬或柔軟，都判斷不出來了。

少女覺得自己就像處在一團虛迷之中。

爲什麼會這麼難受呢？她聽著女歌手獨有韻味的低啞聲音，試著從遲鈍的意識中抽絲剝繭。

明天就要放寒假了，住宿生們大多都已回家，只剩下幾個人還沒有離開。她想與那人討論寒假要不要去哪裡玩、放鬆一下身心，卻沒想到剛好撞見他與家人講電話的場面。

少女知道那人與家裡的關係很緊繃，他明明那麼努力用功唸書了，但他的父母永遠覺得不夠不夠。

少女為他感到不值得，卻又無法幫上什麼忙，只能安靜陪在他身邊，看著他的表情變得越來越陰鬱，聲音卻仍溫溫和和，像是不願與雙親起太大的爭執。

在那人的寢室裡，少女覺得時間的流逝沒有意義，她可以一直盯著那人的眉、那人的眼，看再久都不會膩得慌。

兩人的交往是個祕密，她不願給那人添麻煩，讓其他人的閒言碎語擾亂他的集中力。

她捨不得他受一點兒委屈。

又過了多久呢？也許是十分鐘，也許是半小時，那人終於抑鬱地結束通話。他緊緊捏著手機，呼吸粗重，胸膛上上下下起伏，但還是忍耐著沒將手機扔出去，而是輕輕放回桌上。

這個動作宛如一個訊號，少女對他露出一抹恬靜的笑容，眼裡滿是期待與欣喜。

她看著那人鎖上窗戶，再將窗簾放下，阻隔外界窺探的任何一絲可能。接著他又走到電腦桌前，打開音樂的播放清單，低啞的女聲緩緩從喇叭裡流洩而出。

我等著你回來，我等著你回來，我想著你回來，我想著你回來。

這些舉動對少女來說，就像是進行一場儀式的前置作業，只屬於他們兩人的儀式。

少女溫柔地凝視著那人，看著他溫文儒雅的表情剎那間轉為猙獰，拳腳毫不留情地往她身上落下，胸部、腹部、大腿，這些部位無一倖免，唯獨避開她的臉。

那人是多麼地替她著想，不願他製造出的痕跡引來一些莫名其妙的人的關注，這讓她心裡甜滋滋的，像嚐了一大匙蜂蜜般。

雖然前陣子捲起長袖時，不小心被班上女同學看見，對方驚愕的眼神讓她憤怒不已，卻還是強壓下怒氣，輕聲細語解釋著這不是施暴，而是她喜歡的人留給她的印記。

這只是個小小的插曲，少女不希望讓那人操心。他要煩惱的事情已經夠多了，自己怎麼可以再給他添麻煩呢？

她的存在就是爲了消除那人心中的忿懣。

儘管今天落在身上的力道比先前大上許多，少女依舊想盡辦法敞開身體，露出獻祭般的美麗笑容。

下一秒，她覺得頭皮傳來一陣發麻般的痛，那人抓住了她的頭髮，扯著她的腦袋撞向牆壁，發出沉悶的叩咚聲。

一下、兩下……少女意識越來越渙散，根本無法思考，黑暗鋪天蓋地地奪走她的知覺。

直到她再次醒來。

但這個「醒來」，卻不是睜開眼睛、看清楚周遭景象。

少女費盡力氣，試圖掙脫黑暗的束縛，她想要讓瞳孔中全部映滿那人的身影。

可是，徒勞無功。她明明是清醒的，聽得見開關門的聲音，聽得到從喇叭裡傳出來的女聲，然而她沒有力氣掀起眼皮，連一根手指也抬不起來，身體軟得如同一灘爛泥。

有誰輕輕撫摸上自己的臉龐。

即使全身上下都痛得不得了，熱辣辣的感覺遊走在四肢百骸，幾乎要吞噬她的神智，可是唯有那人的手指、那人的聲音、那人的存在，是少女絕對不可能錯認的。

「[redacted]……」少女在心底無聲呼喚那人的名字。

落在臉頰上的手指微微下移，停佇，拇指碰觸上少女的嘴唇。

「都是妳不好……」那人難過地說，聲音裡的哀傷濃得像要化作實體溢出來。

少女最喜歡那人有些憂鬱又傷心的眼神。

「都是妳這麼縱容我，才會讓我……」那人說到後來，忍不住哽咽了下。

少女心疼無比，她多想摸摸那人的臉，或是握握那人的手，可是她知道自己辦不到。

除了身體乏力、意識朦朧之外，少女的手與腳皆被繩子緊緊綁住。

撫摸著少女嘴唇的手指逐漸朝旁邊移動，捲住少女長長的髮，親暱得一如既往，讓她以爲自己會獲得一個輕柔的吻。

但是並沒有。

「我不能……不能讓妳毀掉我的未來。」那人低聲呢喃，原本虛無縹緲的聲音變得越發堅定，如同下了一個至關重要的決定。

少女突然覺得難受了起來，她多麼想要陪伴在那人身邊，可是他們居然要被迫分離。

我想要我們在一起，爲什麼我們不能在一起？

回應少女的，是從喇叭裡流洩而出的沙啞女聲。在寂靜的夜晚，流轉著格外鮮明的蒼涼韻味，似乎永遠不會終止。

少女深愛著的那人，正將刀鋒貼上她的臂膀。

光滑白皙的皮膚，一點一滴滲出血痕，像是條紅色絲線，攀附其上。

隨著刀柄前後移動，刀鋒也逐漸更加沒入。

血流得越多，少女身下的紅花也就開得愈斑爛。

低沉微啞的歌聲幽幽環繞在少女身旁。

而那人的眉眼依舊如此溫柔。

還不回來春光不再，還不回來熱淚滿腮，梁上燕子已回來，庭前春花爲你開……

少女幾乎快捕捉不住自己剩餘的意識，失血過多讓她陷入昏沉。

她的長髮蜿蜒如黑色流水，披散在大簇大簇的血色花朵之上。

在寧靜祥和的夜晚，在幽幽歌聲流洩的夜晚，綠野高中的宿舍中，有一名少女正被她深愛著的那人活生生肢解開來。

少女再也不曾睜開那雙迷離似水的眼眸。

再也不曾。

然後，夏蘿從夢裡尖叫著驚醒。

彷彿悲鳴般的慘叫從耳邊響起之際，左易正盤腿坐在夏蘿身邊，一手滑著手機，另一隻手則輕輕順著她長長的黑髮。

原本閉闔的眼睛驀地睜開，毫無焦距地注視著天花板，那破碎不成聲的喊叫像是要割破寧靜的氛圍。

「小不點，喂！小不點，妳怎麼了！」左易忙不迭鬆開手機，兩隻手改而將夏蘿從被窩裡抱起，厚實的手掌一下一下地拍撫她的背脊。

「被分開了……死掉了，那個人死掉了……」夏蘿的聲音紊亂無比，小臉慘白得沒有任何血色。

「沒事的，沒有人死掉，這裡的每個人都還好好的。」

左易有些笨拙地安撫著，但下一秒，另外兩道交疊在一起的悲鳴聲，讓夏蘿驚駭得縮起小小肩膀。

「啊啊啊啊啊啊——！」

「幹！」左易忿恨地罵了一聲，他單手摟住夏蘿，動作俐落地從梯柱爬下來，走出寢室一看究竟。

重重的甩門聲幾乎同時撞擊在牆壁上，製造出偌大回音。花忍冬與歐陽明驚慌失措地從一〇一寢衝出，兩人臉色都稱不上好看，甚至帶著恐懼。

「吵什麼吵！當宿舍裡的人全死光了嗎！」

看到從房裡走出來、不悅地吊高眼的左易，花忍冬與歐陽明就像見到浮木一樣，腳步踉蹌地朝他跑過去。

「左、左易……」歐陽明連話都說不完整，短胖的手指顫抖地比著自己房間，「有……有那個！」

「搞什麼鬼！那個是哪個？」左易陰沉著臉質問，惡狠狠地甩了兩記刀子眼。

「就是那個鬼……」上氣不接下氣的虛弱嗓音是花忍冬發出的，他一手撐著牆壁，一手按著胸口，斷斷續續地喘著氣。

但下一秒，秀氣的眼眸驀地對上左易懷裡的夏蘿，忍不住錯愕地倒抽一口氣，「你去綁架誰了？」

「閉嘴！你這個不男不女的死人妖！」

「混帳……不要欺負病人啊。」花忍冬吐出微弱的抗議聲。

「左、左易，你快幫我們去房間看看！」歐陽明抓著左易的衣角，緊張兮兮懇求著，

「這是我一生一世的請求了。」

連嘲弄「你的請求真卑微」的欲望都沒有，左易不耐煩地從歐陽明手中扯回衣角，將夏蘿的身子托高，不讓她滑落，準備到一〇一寢探看情況。

「發生什麼事？我聽到樓下有人在尖叫。」

從樓梯扶手處探下一張白淨秀美的臉孔，長長的辮子垂在身側，赫然是被一樓騷動引來的林綾。

花忍冬和歐陽明瞬間找到了比左易更可靠的浮木，兩人幾乎貼著牆壁，一邊戒懼地觀察一〇一寢的房門，一邊朝林綾所在的樓梯跑過去。

「左易，你懷裡的那位是？」注意到將小臉埋在左易頸窩處的小女孩，林綾有些吃驚。

「夏春秋的妹妹。」左易沒好氣地皺眉，他想起夏蘿之前抗議過，不准叫她的哥哥小矮子的事。

林綾正打算說些什麼，但下一秒，鏡片後的眸子猛地瞇起。

天花板上的燈光啪的一聲突然亮起，但隨即閃爍了起來，一下刺眼，一下黯淡。垂在窗邊的窗簾明明沒有風，卻開始飄動。

左易也察覺出不對勁，他眼神凌厲，像是一頭將警覺心拉到最高的獸，掃視著周圍的異常。

「有東西……有東西要來了……」夏蘿抬高蒼白的小臉，緊緊揪住左易的衣領。

「雖然我不知道是怎麼回事，不過，左易，我覺得你最好趕緊帶小夏的妹妹上樓。」林綾的聲音透出緊繃感，她看到一樓的不透光窗簾像是被一隻無形的手用力拉上，阻隔了窗外的陽光。

不只一扇，所有窗簾全被迅速拉上，緊緊貼著窗框，如同被釘死一般。

左易咒罵一聲，抱著夏蘿衝上樓，一行人腳步倉促凌亂，急迫地想要拉開那幽幽傳來的歌聲。

我等著你回來，我等著你回來。我想著你回來，我想著你回來。

等你回來，讓我開懷；等你回來，給我關懷……

當夏春秋三人匆匆從後山趕回宿舍的時候，映入眼底的卻是和出門前截然不同的景況。

「奇了，大白天的拉上窗簾做什麼？」夏舒雁狐疑地挑高眉，「連大門也關上了？」

「情況不太對。」左容正準備邁開步伐一探究竟，一旁的夏春秋卻先有了動作。

對夏春秋而言，「尊重女性」和「有危險的時候要挺身保護女性」，是要嚴格執行的家訓，就算心底的警鐘不斷敲起，他還是示意左容與夏舒雁待在後方，自己一個人率先上前，小心翼翼地握住大門門把。

大門雖然緊閉著，但並沒有上鎖，因此夏春秋不費吹灰之力就將兩扇門板向外拉開。然而，當他看清楚裡面的情況時，卻駭然地倒吸一口冷氣。

宿舍走廊充滿著死寂的氣氛，雖然因爲大門被打開，讓光線衝破了裡頭的沉闇，但閃爍燈光造成的明暗交錯，卻在廊道上落下一層詭譎陰影，讓人毛骨悚然。

注意到夏春秋瞬間發出的抽氣聲，左容大跨步來到他身旁，往宿舍裡一看，神色頓時嚴厲了幾分。

「小蘿！」愣怔也只有一會兒，想到夏蘿還在宿舍裡，夏春秋驚呼一聲，想也不想便衝了進去。

夏舒雁和左容見狀，同時毫無遲疑地緊追上去。

厚重窗簾就像被釘死一般，雖然夏舒雁在奔跑期間試圖想拉開窗簾，但全部紋風不動。跑在最前頭的夏春秋著急地趕到一〇四寢，寢室裡一片昏暗，窗戶旁的窗簾不知道被誰拉上，然而藉由走廊外閃爍的燈光，可以清楚看見房裡一片空蕩，沒有夏蘿，也沒有左易。

「小蘿！小蘿！」夏春秋急切喊道，甚至爬上床鋪一看究竟，卻沒有發現妹妹的身影。

「春秋，一〇一寢也沒有人。」慢一步進來的左容沉聲說道，「你先冷靜一下，我陪你到其他地方找找。」

夏春秋點點頭，連在意燈光異狀的心情都沒有了，腦袋裡只想著趕快找到夏蘿。

兩人來到走廊上，就看見夏舒雁站在樓梯前，仰頭注視上方，臉上盡是匪夷所思。

「春秋，樓上有光。」

夏春秋順勢抬起頭，立時看見通往二樓的樓梯上方有光線，和明暗不定的一樓形成強烈對比。

左容抿著唇，沉思半晌，忽然沒頭沒尾地說：「左易在樓上。」

夏春秋沒有追問她是怎麼知道的，急急忙忙往上跑。左容緊跟在後，夏舒雁負責壓陣，邊跑邊回頭注意後方情況。

通往二樓的樓梯並不長，很快地，明亮的光線就在三個人眼前展開。

不論是天花板上的電燈，還是走廊的窗簾都沒有絲毫異狀，夏春秋不禁愣了一下，但一道道吵雜紛嚷的聲音迅速拉回他的失神。他立即抬起腳，朝聲音的方向跑去。

連房號都顧不得注意，夏春秋停在聲響最大的寢室門前，急迫地打開門，門板撞擊在牆壁上的聲響反而讓房裡的人瞬間安靜下來。

門外是夏春秋、夏舒雁、左容三人，門內是花忍冬、歐陽明、林綾、左易、夏蘿，以及躺在床上的葉心恬。

「原來是小夏啊，我還以為是那個……」花忍冬軟綿綿地癱在椅子上，虛弱地笑了笑，「嚇我一跳。」

「你們……怎麼都在這？」看到眾人都聚在寢室裡，夏春秋的緊張感頓時消失無蹤，對於剛才粗魯開門的舉動感到羞愧不已。

「我們在避難。」林綾輕笑說道，恬淡的神情反而讓人看不出是開玩笑還是認眞的，「剛剛大家待在這邊的期間裡，二樓都沒有出現異常，所以就將我們的房間暫時充當緊急避難室了。」

「林綾，妳叫他們小聲一些啦。」葉心恬從上鋪探出頭，蒼白的病容上帶著不滿，「一群人擠在我們房間幹嘛？」

「對、對不起……」夏春秋反射性先道歉，但下一秒，注意力立即被坐在左易懷中的夏蘿拉過去。

「小蘿，妳還好吧？」比起去在意「自己的妹妹為什麼會被室友抱著」的問題，夏春秋反倒只單純浮現出「夏蘿沒事就好」的念頭。

反倒是身後的夏舒雁看到這一幕，頓時挑高眉，大步走到左易身前，彎身朝他露出一抹爽朗的笑容。

「左易同學，謝謝你幫忙照顧小蘿。」夏舒雁一邊和善地說著，一邊伸出手將夏蘿帶到自己身邊。

「這位是？」坐在左易附近的歐陽明抬起臉，好奇地看著對他來說顯得陌生的女人。

「我是春秋的姑姑。」夏舒雁笑得平易近人，順道不著痕跡地拉開夏蘿與左易的距離，「直接稱我小姑姑就行了。」

「小姑姑怎麼會在這裡？」歐陽明從善如流地喊道，他的提問也換來在場所有人的注視，除了左易。

「還不是因爲你們之中有人打破窗戶，破壞了宿舍的防護，才會造成現在的情況。」夏舒雁視線一一掃過在場眾人，露出有些傷腦筋的眼神。

「什麼防護？」歐陽明一臉不解，和花忍冬交換一記困惑的眼神。

「小姑姑的意思……該不會是說，這棟宿舍建成八卦狀是爲了鎮壓山背後的墓群，而那些玻璃窗就像是阻隔他們的門栓？」林綾微微思索了下，很快就推測出原因。

夏舒雁讚賞地看了林綾一眼，不過在瞥見其他人還是一臉懵懂的模樣後，只能苦笑一聲，試著用淺顯易懂的句子說明。

「更正確的說法是，單純的八卦形建築無法發揮太大作用，必須經過法師加持，才能製造出防護。」

「當建築物蓋成八卦狀之後，再請法師施法，就會形成『讓外面的東西進不來，裡面的東西也出不去』的防護。但是現在有一扇窗戶破了，就代表防護不再完整，出現了漏洞。」

就在眾人似懂非懂地慢慢消化這個消息時，打破沉默的卻是葉心恬驟然拔高的聲音。

「等一下！所以說……我遇到的都是——！」她的話沒有說完，但一雙美眸已惡狠狠地瞪向罪魁禍首。

「眞是抱歉啊，小葉，人家也不知道會變成這樣。」花忍冬撓撓頭髮，尷尬地笑笑，「而且情況，好像又變得更加複雜了。」

葉心恬先是愣了一下，一會兒後才理解花忍冬話裡的意思。

「不、不會吧……難道你們聚在我和林綾的寢室裡，是因爲……」嬌軟的聲音出現顫抖，她不敢置信地瞪大眼，摀著嘴唇。

「其實我也想知道你們究竟發生了什麼事，在我和春秋，以及左容同學外出的這段時間。」夏舒雁介入話題，充滿探究意味地看著本不該出現在女生寢室的三人。

歐陽明難爲情地絞著手指，吞吞吐吐，一直到左易冷冷瞪他一眼，才小聲開口。

「我之前幫藍姊打掃的時候，在一〇九寢撿到一張照片。因爲背景是在宿舍中庭拍的，我猜照片裡的女孩應該是住宿生。然後……呃，我、我覺得那個女孩很漂亮，就忍不住把照片帶回房間了。」

想到那張美麗的側臉，歐陽明先是微微紅了臉，但下一秒又刷白了臉色。

「然後剛剛，應該就是你們外出的那段時間，我和花花一起看照片，卻發現照片裡的女孩竟然轉過頭來，看著我們……」

「所以人家就跟歐陽尖叫著衝出來了。」花忍冬迅速做結論，但隨即像是想到什麼般，秀氣的眸子轉了轉，「話說，我們好像還聽到另一道尖叫的聲音……是小夏的妹妹，對吧，左易？」

被點名的左易不悅地抬高眼，然而一對上夏蘿蒼白的小臉，他不禁咂了下舌，以指耙梳暗紅的髮絲。

「小不點作惡夢了。」左易言簡意賅地說。

「惡夢？小蘿妳夢到了什麼？」夏春秋擔憂地看著妹妹。

夏蘿咬了咬沒有什麼血色的嘴唇，伸手將夏舒雁的腰圈得更緊。

「小不點，妳不想講就別講了。」左易的聲音不似往常張狂，反而帶著一種沉穩，他注意到夏蘿不經意的動作。

「左易。」站在門口注意外邊動靜的左容，淡淡喚了一聲。

左易不馴地挑高眉，正想開口反駁，卻聽見夏蘿稚氣沒有起伏的嗓音響起。

「夏蘿夢到有個漂亮的大姊姊被綁著，有歌聲在房裡響起。然後，夏蘿看到那個大姊姊，讓另一個人分成了好幾塊。」

明明是如此簡單的敘述，但現場氣氛卻像是凍結一般，沒有人開口，只是愕然地注視面無表情的夏蘿。

最後還是花忍冬打破沉默：「小蘿，妳說的那個大姊姊……長什麼樣子？」

「長頭髮，皮膚白白的，很漂亮，眼睛下方有一顆痣。」

花忍冬和歐陽明僵著臉，面面相覷，兩人的異狀也同樣落入其他人眼底。

「怎麼了，花花？」林綾輕聲詢問。

「歐陽撿到的照片……上面的人就是小蘿說的漂亮大姊姊……」花忍冬垂著眼，十根手指交握在一起，一字一句緩慢說道。

就在這時，一道聲音像是要割破沉重的氣氛，尖銳高亢地響起——

第十二章

無敵鐵金鋼——無敵鐵金鋼——無、敵、鐵、金、鋼——鐵、金、剛——

葉心恬愣住了，林綾的恬淡表情僵在臉上，花忍冬瞠目結舌，歐陽明吃驚地張著嘴，就連左易都一臉愕然，只有左容臉色淡漠如昔。

「小姑姑，妳的手機響了。」夏春秋連忙提醒。

「小姑姑，接電話。」夏蘿仰起小臉，貼心地將放在夏舒雁口袋裡的手機拿出來。

「哎，不好意思。」愣了好半晌才意識到那是自己的手機鈴聲，夏舒雁手忙腳亂地接過手機，原本想要按下通話鍵，卻不小心按成擴音鍵。

「雁子，妳還在宿舍嗎？」是藍姊的聲音。

「嗯，對，在處理一些事情。」

「我在雜貨店這邊，阿牛說郵局有妳的包裹，要我幫妳領嗎？」

一旁的夏春秋像是想到什麼，扯了扯夏舒雁的衣角，以壓得極輕的氣聲說道：「小姑姑，問一下藍姊，看她知不知道小蘿說的那個人。」

跟姪子比了個ＯＫ的手勢，夏舒雁對著手機另一端問道：「阿藍，妳認識一個黑長髮、白皮膚、眼底下有淚痣的住宿生嗎？」

「不認識。我帶過的住宿生裡，沒有人有這種特徵。」藍姊肯定地回答，「不過，也有可能是前幾屆的，畢竟我才來這裡半年。妳急著知道嗎？如果很急，我幫妳問一下吧。」

或許是察覺到夏舒雁詢問的語氣不尋常，藍姊主動攬下事情。手機並沒有被掛斷，在場的人都可以聽到另一端傳來的細碎交談聲，有男有女。

過了一會兒，藍姊的聲音又從手機裡傳出來。

「雁子，之前有個外地來的學生，跟妳形容的樣子很像，不過她半年前從宿舍偷跑之後，就再也沒有消息了。」

「妳說的該不會是寒假發生的那件事？」夏舒雁訝異地擰起眉。

「嗯，是寒假沒錯。聽說那孩子有點孤僻，不太喜歡與人交流。後來就是出了她那件事，所以男女生的房間樓層才會對調。」

「阿藍，那妳順便幫我問一下，那個女孩叫什麼名字。」

聽到這裡，夏春秋忽地露出怔然的神色，那一夜翻閱住宿生名單的記憶驟然躍出腦海。

他喃喃的低語和藍姊從手機裡透出的嗓音，幾乎同時交疊在一塊。

「朱槿。」

「朱槿。」

「春秋？」夏舒雁疑惑地看向他，「為什麼你會知道？」

察覺眾人視線都落在自己身上，夏春秋舔舔發乾的嘴唇，輕輕說道：「我、我打電話給小姑姑那天，曾隨手翻了一下放在櫃台的住宿生名單，結果卻看到……之前的一樓房間，都是登記女生的名字。因為一〇九寢曾發生怪事，我才稍微留意住在那間的學生是誰……」

所以說、所以說，那並不是什麼逃離宿舍，而是那個女孩已經徹底從宿舍消失了，以人為的方式——

然而還未等夏春秋說完，電話裡又傳來藍姊低沉的聲音。

「還有兩件事要跟妳說。第一，那個叫作朱槿的女孩子，聽說交往的對象有暴力傾向，她身上有不少瘀傷，還是班上同學偶然間撞見的。」

「知道她跟誰交往嗎？」

「不知道。」藍姊回答得很乾脆，「朱槿只說那是她喜歡的人留給她的印記。我覺得，這孩子的思考方式很危險。」

「那第二件事是什麼？」夏舒雁心裡有種不好的預感。

「有住宿生曾見過朱槿到孟齊的寢室，但孟齊是宿舍長，常常有同學去找他，所以無法確認彼此是否有關聯。」

透過擴音功能傳出來的對話，讓在場所有人聽得一清二楚。

「孟、孟齊學長還在一樓。」夏春秋不知所措地低喊。

歐陽明、花忍冬也跟著一愣，兩人都露出恍然大悟的表情。左容置身事外，左易只是不馴地撇撇嘴，林綾有些傷腦筋地蹙著眉，葉心恬則是一臉茫然。

「我去……去樓下看看。」夏春秋下意識就想往門外走，卻被左容扯住手腕。

「春秋。」左容不贊同地看著他。

「不、不行啊，左容，現在不能讓學長一個人待在樓下。」夏春秋掙了掙，想要脫離左容的箝制。在還不知道事情真相之前，不能就這樣讓孟齊陷入險境。

「我跟你去。」左容沉默了一會兒後才鬆開夏春秋，轉而看向左易，「你也一起來，其他人待在房間比較安全。」

夏舒雁眉頭皺緊，正準備跨出腳步跟上去，左容卻先一步開口。

「小姑姑，他們就拜託妳了。」

左容嗓音低冷沉穩，蘊含著堅定的力道。夏舒雁回頭看了看房裡其他人，不是病人就是看似柔弱的女孩子，還有一個十歲的夏蘿，如果真拋下他們，夏舒雁也放不下心。

就在這時，夏蘿突然鬆開抱著夏舒雁的手，不顧眾人驚訝的眼神，飛快地跑到夏春秋身邊，緊緊抓住他的衣角。

「夏蘿也要一起去。」

「小蘿！」夏舒雁語氣嚴厲了幾分。

「夏蘿必須去！」夏蘿抬高一雙黑色的大眼睛，固執說道，「夏蘿見過那個大姊姊！」

「這樣的話，我也一起去好了……」歐陽明舉起手臂，底氣不足地說道。

「你給我留在房間裡！」夏舒雁瞪了他一眼，沒好氣地喝道。

歐陽明瞬間噤聲，膽戰心驚地做出雙手投降的動作。

「小蘿，妳眞的要下去？」夏舒雁眼神凝重，沉聲又問了一次；看見姪女用力點點頭，她嘆了口氣，「那好吧。答應小姑姑，絕對不可以單獨行動。」

「夏蘿知道。」夏蘿點點頭，蒼白的小臉滿是認眞。

一旁的左易見狀，邁步走到夏蘿身邊，揉揉她的頭髮，聲音是一反平日張狂的冷靜，「這個傢伙，我會負責顧好的。」

夏舒雁盯了左易半晌，終於露出一抹無奈的笑，「快去快回，讓我等太久，我可是會親自下去逮人的。」

□

樓上的夏春秋等人正在商討，一樓其實還有一間寢室並沒有出現異狀。

待在一○六寢裡的孟齊坐在椅子上，一邊專注地看著螢幕，一邊移動滑鼠。

房門緊閉，淡金色陽光從窗外斜斜照射進來，房裡充盈著一片靜謐氣氛。這個時候的孟齊並不知道外邊發生什麼事，他先前爲發燒所苦，今天吃了醫生開的退燒藥之後，熱度總算降了不少，神智也清明許多，便從床上爬起來，坐到電腦桌前上網。

或許是螢幕盯得有點久了，孟齊摘下眼鏡，揉揉發痠的眼角，將背脊向後一靠，輕輕閉上眼睛。

數分鐘過後，他才張開眼。少了眼鏡輔助，視線模糊不少，映入眼底的景物輪廓都變得有些不清楚。

一抹淡淡的影子忽地滑過眼角，孟齊一愣，反射性戴上眼鏡，緊張地巡視四周一圈，卻什麼都沒看到。

是錯覺吧。孟齊自嘲地笑了笑。自從發生那件事後，他總覺得自己變得更疑神疑鬼了。

要不是現在是大白天、光線明亮，再加上昨晚睡覺時沒出現什麼異狀，否則他眞的考慮是否要跟藍姊提出換寢室了。

但是孟齊的苦笑很快就停佇在唇邊，他低垂著眼，無聲地在心裡問道。

那一天的事，也是錯覺嗎？

反射在手機螢幕裡的身影、貼在相機鏡頭前的眼睛……孟齊越是回想，臉上的表情也越發不安。

他住宿舍已有兩年，從來不曾遇上怪事，偏偏在幾個新生搬進來後，怪事卻連連發生。

甚至，連那首歌都再次出現……

一想到從電話裡傳出的幽幽歌聲，孟齊緊了緊手指，指關節微微突出。

那曾經是他最喜歡的歌，卻在發生那件事之後，成了他心中的祕密。

那是無法告訴任何人、深深埋在他心底的祕密。

孟齊用力閉了下眼睛、再睜開，斯文俊雅的臉龐恢復了往常的從容。

他微微扯動嘴角，斥責自己竟然又陷入過去的回憶裡，他本來不該如此多愁善感的。

重新把注意力放回螢幕上，孟齊移動滑鼠點開了音樂播放程式。或許是寢室太安靜了，才會讓自己胡思亂想。

孟齊挑選的音樂都是比較抒情的古典樂，然而當他按下播放鍵時，從喇叭傳出來的不是悠揚的鋼琴聲，反而是帶著蒼涼韻味的沙啞女聲。

我等著你回來，我等著你回來，我想著你回來，我想著你回來。

等你回來，讓我開懷，等你回來，讓我關懷……

孟齊表情驀地僵住，他不敢置信地瞪著螢幕，手指不斷點擊滑鼠，想要停下音樂，然而不管是按下暫停鍵，或是關掉播放程式，都完全無法阻隔幽幽歌聲從喇叭裡流洩出來。

「怎麼回事！」孟齊驚慌失措地關掉主機電源，螢幕瞬間暗了下來，但房裡依舊迴盪著女歌手的聲音。

你為什麼不回來，你為什麼不回來，我要等你回來，我要等你回來。

還不回來春光不再，還不回來熱淚滿腮，梁上燕子已回來，庭前春花為你開……

孟齊驚懼不安地想要站起身，眼角卻不經意瞥見電腦螢幕上反射出來的蒼白容顏。細白手指緩緩由他身後伸出，溫柔地搭在他肩上，少女眼下的淚痣如此讓人觸目驚心。

孟齊駭然地瞪大眼，溫文的臉龐頓時扭曲成恐懼的表情。他的嘴唇顫抖，從喉嚨裡擠出不成調的聲音——

寬敞的一樓走廊傳來一陣陣急促腳步聲，左容與夏春秋跑在前頭，左易抱著夏蘿尾隨在後。

天花板上的燈光依舊閃爍不停，厚重的窗簾釘得死死的，即使試圖拉扯仍無法拉開一條縫。就連先前敞開的大門，不知何時也被關上，將陽光隔絕在外。

廊道邊的寢室門板或開啟或闔緊，卻是同樣安靜無聲。然而再往前一段距離就會發現，只有一間房不一樣。

一〇六寢那扇關得緊密的門扉後，斷斷續續傳出被恐懼所塡滿的嘶氣聲，以及幽幽的低啞女聲。

那是孟齊的聲音。

那是徘徊在惡夢裡的歌聲。

夏春秋一驚，不敢有任何遲疑地打開房門，但映入眼底的景象卻讓他不禁倒抽一口氣。

孟齊整個人靠在牆壁上，臉色慘白、神情驚懼，全身哆嗦，像是巴不得將自己融進牆裡躲起來。

在他身前、在夏春秋等人的視線裡，是一道纖細的冷白色身影，透明又虛幻，那如陶瓷般光滑的側臉，溫柔得像是要滴出水來。

書桌上的電腦是關著的，從音響裡不斷傳出女歌手沙啞的聲音，但那歌聲卻被孟齊的嘶氣聲切得零碎不堪。

我等著你回來，我等著你回來，我想著你回來，我想著你回來。

等你回來，讓我開懷，等你回來，讓我關懷……

被左易放下來、站在門口的夏蘿也看到了這一切，細碎的悲鳴驀然衝出喉嚨，幽黑的眸子瞪得大大的，眼前的畫面就像滑過漣漪的水面，突然覆上一層曝光般的色澤，如此蒼涼又如此陳舊。

如同陷入短暫的夢魘，明明聽得到、看得到，卻無法動彈，隨即有什麼迅速晃過了左容、左易、夏春秋眼前。

被刀鋒劃開的白皙皮膚。

如同紅花一朵朵開綻的濃稠鮮血。

握著刀子，擁有一雙修長手指的俊雅青年。

最後是擁有白皙面容、似水瞳眸、眼角下方點著一顆淚痣的少女，她閉著眼睛，正活生生被肢解。

然後畫面又是一陣波動，迅速褪去懷舊般的色彩，回歸到現實的鮮艷。

夏蘿小小的身子就像失去引線的木偶，癱軟在地，在膝蓋即將碰觸地板的前一秒，被左易眼明手快地撈住。

左容則是不著痕跡地擋住門口，警惕地望了孟齊一眼，隨即又拉回視線，關注地盯著夏春秋發白的臉色。

夏春秋怔然地張大眼，他的胃在翻滾。雖然方才閃過眼前的畫面只有短短幾秒，卻讓他驚懼不已。那已經不是正常人會做的事了，那甚至不是一個人類做得出來的舉動。

「為什麼我們不能在一起呢？」膚色冷白的少女悲傷說著，那雙秋水般瀲灩的眼眸，專注地凝視著孟齊。

「我是那麼喜歡你，不管你做了什麼都不會改變，即使你打我罵我都無所謂，但是、但是……你卻選擇將我肢解，將我藏了起來……」

低鳴般的嗓音滑過耳膜，像是大提琴的弦被拉出一個顫音。

夏春秋愕然地看著少女與孟齊，一股顫慄猛地竄上背脊，這兩人讓他打從心底感到不舒服。

「是妳不好，一切都是妳不好……朱槿，妳沒有阻止我，是妳一直縱容我這樣做……」孟齊的臉龐完全扭曲，從喉嚨擠出的聲音充滿偏執，「所以我才會失手將妳……」

「神經病。」左易厭惡地說道，那雙張狂的眉眼警戒地注視房內。

孟齊慌張地想要後退，但背部卻早已抵著牆，無路可退，只能眼睜睜看著少女發出嘆息般的低語。

「我好喜歡你，孟齊……就算到了現在，還是如此喜歡……所以……」

蒼白到幾近透明的手掌捧著孟齊臉龐，柔軟的嘴唇一張一闔。

「把我放出來，我就原諒你……」

「朱……槿？」孟齊不敢置信地瞪大眼，被細白手指貼著的臉頰感覺到滲入骨髓的冰冷，然而捧著他臉龐的少女身影卻逐漸變淡，變淡……

再也看不見爲止。

孟齊身子無力地沿著牆壁滑下，他驚恐地抱著頭，像是無法從剛剛發生的那一切回過神來。

然而下一瞬間，他的身體忽然被人從兩邊架高，孟齊反射性抬頭一看，是左容與左易。

「混帳傢伙，你以爲事情這樣就結束了嗎？」將夏蘿交由夏春秋照顧，左易冷聲開口，俊美的眉眼覆上一抹陰狠。

「那句『把她放出來』是什麼意思？」左容淡漠地詢問。

「我不知道，我只是、只是……」孟齊慌亂地想要反駁，但聲音剛從嘴裡吐出，卻莫名停了下來。

半晌後，隱在鏡片後的眼眸驀地浮現怔然，他喃喃說道，「我把她埋在槐樹下。」

槐樹，木鬼合爲一字，以木之身困人之魂。據傳將屍體埋在槐樹下，會使靈魂無法解脫，只能不斷徘徊在周邊無法離去。

而在宿舍的中庭裡，就種著一棵槐樹。

夏春秋牽著夏蘿的手，神情複雜，不時抬起眼覷向被左容、左易監視的孟齊。溫文儒雅的宿舍長卻是肢解少女的凶手，那股令人不適的違和感依舊繚繞著不肯離去，就像是有什麼東西哽在胸口一樣，有種呼吸不順的感覺。

「哥哥不要難過，夏蘿在。」

夏春秋低下頭，看見夏蘿仰起蒼白的小臉，圓黑的眸子裡滿是關心。

「哥哥沒關係的。」夏春秋對她笑了下，有種安撫的意味，將妹妹的小手握得更緊。

五個人繞過荷花池，來到位於後方的槐樹種植處，只要一抬頭，就可以看見呈偶數羽狀的葉片，以及樹上綻開著的一朵朵淡黃色蝶形花。那些繁複的樹葉就像是寬廣的頂蓋，拉出一片陰涼的樹蔭，將陽光隔絕在外。

看了眼枝繁葉茂的槐樹，左易撇撇唇，將從宿舍裡找來的鏟子扔給魂不守舍的孟齊。

「自己埋的東西，自己動手挖出來。」

孟齊臉色一僵，看著那把被扔到前面的鏟子，手指緊緊攢著，但在左容冰冷的眼神，以及左易陰鷙的注視下，他別無選擇地拿起鏟子，將鏟尖對準濕黑的土壤。

沉悶的鏟土聲在槐樹下響起，一鏟鏟的黑土被挖起來堆到一旁，過了一會兒，形成一座小土堆，而孟齊前方則逐漸變成一個下陷的坑洞。

夏春秋眼尖地注意到，鬆軟的黑土下有一截東西露了出來，他立即將夏蘿拉往身後，不讓她看見即將被挖出的物體全貌。

當看到腐爛的手指透出土壤那瞬間，孟齊肩膀猛地一震，挖掘的動作也停了下來。

他想起少女那雙如秋水般瀲灩的眼瞳，想起了眼底下的淚痣，想起柔軟嘴唇彎起微笑的

模樣。他想著想著，手中的鏟子遲遲沒有動作，雙腿像失去支撐的力量，軟軟跪坐在地。

左容、左易冷眼旁觀，兩人身子巧妙形成一道屏障，將夏春秋和夏蘿擋在身後。

他們看見少女冷白色身影無聲地浮現在黑土上方，輕輕環住孟齊的脖子，無血色的嘴唇貼在他耳邊。

「我原諒你，孟齊，因爲……」

幽幽的聲音被風吹淡，左容他們聽不眞切，然而孟齊卻切切實實聽到了。他震驚地張大眼，發顫的嘴唇蠕動著，卻一個聲音都發不出來。

然後，鋪天蓋地的黑暗驟然席捲他的神智。

尾聲

一〇四寢。

「春秋，我把手機號碼給你。」靠在梯柱前的左容拿著手機，靈巧地輸入自己的號碼。

之前藍姊打電話回來時，說有夏舒雁的包裹，原來包裹裡的東西是夏春秋忘記帶來綠野村的手機。

「左易，我把你的也輸進去吧。」抬眼看向坐在床鋪上的胞弟，左容淡淡說道。

「我才不要。」左易想也不想地拒絕，「小矮子有妳的電話就夠了。」

「說得也是。」左容登錄完自己的資料，將手機還了回去，「春秋，以後有什麼問題的話，就打給我。」

「啊，好、好的！」夏春秋連糾正左易叫他小矮子的心情都沒有了，只是難爲情地看著左容，兩隻耳朵瞬間又變成紅色。

趴在床沿的左易撇撇嘴，低聲咕噥，「早就提醒你，要你小心左容那傢伙了。」

身爲左容雙胞胎弟弟的他，自然非常明白，他那個小矮子室友，根本就是左容喜歡的類型——更何況夏春秋竟然能一眼分辨出左容的性別。

二〇四寢。

「藍姊，我今天可不可以不要吃稀飯？我討厭那種沒味道的東西。」葉心恬從上鋪探出頭來，嬌軟地抱怨。

「可以啊，妳最多就是餓一晚而已。」藍姊漫不經心地說道，語氣依舊是一貫的陰森。

「什、什麼嘛，竟然威脅我，妳這樣還算是舍監嗎？」葉心恬噘著嘴，不高興地抱著棉被生悶氣。

「藍姊，妳就不要故意欺負小葉了。這樣好了，今天的晚餐我來煮，藍姊妳就好好放鬆一下吧。」林綾微微一笑，不由分說地做出結論。

一〇一寢。

「眞是的，人家累死了。」打了個懶洋洋的呵欠，花忍冬把身體拋在椅子上，一雙細長秀氣的眼睛疲倦地半瞇著，「藍姊也眞是的，幹嘛聽信孟齊學長的話，他說明天去自首就眞的會去自首嗎？」

「因爲藍九素好人嘛。」歐陽明嚼著餅乾，含糊不清地說道。

「是好人，就不會要人家明天下山去把玻璃窗扛上來了。」花忍冬忿忿不平地說道，

「可惡，人家都已經累成這樣了。」

「花花，你累的話幹嘛不去床上躺一下？」歐陽明一邊吃著洋芋片，一邊提出疑問。然而這句話卻戳到花忍冬不願回想的記憶，讓他瞬間直起背，似笑非笑地瞪著室友。

「是誰把照片扔到人家床上，害那個跑出來的啊？」

「哈哈……是誰呢？」歐陽明乾笑著，心虛地移開視線。

「歐陽，從今天晚上開始，咱們換床鋪睡。」花忍冬瞇起了眼睛，惡狠狠說道，「等到人家的心靈創傷消失後，再換回來。」

「咦——咦咦咦咦！」

夏舒雁家。

「小姑姑，可不可以幫夏蘿剪劉海？」

「當然可以啊。」夏舒雁先是欣喜姪女的主動改變，但隨即又有點狐疑地挑高眉，「等等，小蘿，妳怎麼會突然想剪劉海？」

「因爲小易說這樣很醜。」

「小易？哪個小易？」夏舒雁愣了愣，一頭霧水地看著小姪女。

「哥哥的室友。」

「春秋的室友啊……」夏舒雁皮笑肉不笑地將十指折得喀喀作響，微笑瞬間扭曲起來。當時覺得那個小子有點危險，果然不是她的錯覺。

夏蘿低頭看著掌心裡的紙條，決定還是不要告訴小姑姑，其實小易有把手機號碼塞給她，要她遇到事情就直接打電話。

綠野村外。

披著外套、拎著一袋行李，孟齊隻身走在偏僻小路上。鄉下的夜晚很安靜，月光將他的影子拉得長長的。

「我們再也不會被那些討厭的、引走你注意力的人所阻礙……就算你殺了我，我也不會在意，因爲我知道，我們終於可以永遠在一起了。」

他柔聲呢喃，溫文俊雅的臉孔帶著淡淡笑意，慢悠悠地邁開步伐。

注視著前方不知延伸至何處的小徑，孟齊的眼眸忍不住彎成新月般的弧度，從嘴唇裡逸出輕緩且愉悅的歌聲。

「我等著你回來，我等著你回來，我想著你回來，我想著你回來……」

〈夏夜譚〉完

番外 大人們的談心時間

綠野村是一座淳樸的小村子，村民們空閒時最喜歡聚在一塊說些家長裡短，對於新鮮的事更是有旺盛的求知欲，通俗點的說法就是喜歡八卦，因此一點兒風吹草動就可以傳得人盡皆知。

例如半年前的女學生逃宿事件。

例如前陣子夏舒雁的姪子、姪女來與她同住——雖說一人已經被強迫住進學校宿舍。

再例如今日。

雜貨店老闆說，夏舒雁把店裡的啤酒買走了一大半。

住山上的阿牛說，他看到堇姨開著老爺車往村裡來。

街尾的小芳說，她看到藍姊離開機車行後就往夏舒雁住的那條巷子去。

於是全村都知道，雜貨店裡僅剩的啤酒估計活不過晚上了。

夏舒雁與藍姊的酒量本就好得不得了，堇姨就更不用說了，大概全村男人加起來都喝不贏她一個。這樣的組合簡直讓人聞風喪膽，誰也不想在今天接近夏舒雁的屋子，就怕一不小心被拉進去當酒伴——三人喝得神智清明，自己則是被灌得昏天黑地。

曾有一次慘痛遭遇的雜貨店老闆發誓，他再也不要親自送酒過去給她們了。

正如村民們所料，堇姨和藍姊的目的地相同。

夏舒雁住處是一棟兩層樓住宅，矮矮的紅磚牆連接著雙開式的墨綠色鐵門，小院子裡種植著花花草草，一片綠意盎然。

堇姨前腳剛到，藍姊後腳也來了。按下門鈴沒多久，就聽見啪噠啪噠的腳步聲從院子裡傳出來，意外的是，前來開門的並不是夏舒雁，而是一名個頭嬌小、膚色蒼白的黑髮小女孩，一雙黑澈大眼剔透得如同水晶。

兩人自然都認識這名小女孩，她是夏舒雁的姪女夏蘿。

「堇姨好，藍姊好。」夏蘿仰起小臉，禮貌地打著招呼。

「小蘿，叫她藍姨就好了。」堇姨斜睨了藍姊一眼，像在無聲諷刺「都快三十歲的女人了，好意思當姊字輩」。

「小蘿，叫她堇婆婆。」藍姊神色陰森，絲毫不因爲堇姨的輩分而有半點退讓。

夏蘿瞅瞅堇姨，又看看藍姊，誰的話也沒應，僅用一雙圓黑眸子無聲地邀請兩人進屋。

「雁子呢？怎麼是妳來開門？」藍姊牽著夏蘿的手，熟門熟路地往裡頭走，「堇姨，記得關門。」

「小姑姑在講電話。」夏蘿邊回答邊忍不住往後看去。

「妳們先進去吧，我順道在外頭抽一下菸。」堇姨懶洋洋說道，關上門之後就自顧自地從院子另一端繞過去。

夏舒雁的院子為回字形，不管從哪個方向走，都可以走到客廳的落地窗前，只要鞋子一脫，就可以直接踩進裡頭，很是方便。

藍姊和夏蘿進屋後，看見夏舒雁坐在樓梯上講電話，表情可謂愁苦萬分。

「葉子啊，再給我一個禮拜……不，五天就好。」夏舒雁語氣不復以往的明快爽朗，多了幾絲可憐巴巴的懇求味道，同時她還朝藍姊打了個手勢，要她直接進去客廳。

藍姊嘖嘖兩聲，就算不知道交談內容，光是這一句，就足以讓她明白夏舒雁的通話對象是誰了。

出版社編輯。

也不知道是哪位編輯那麼可憐，前世是不是滅了夏舒雁滿門，今生才會成為她的責編。夏舒雁個性爽朗好相處，寫出來的小說也賣得不錯，偏偏就是有拖稿的壞習慣，簡直就是不見棺材不掉淚。

藍姊往客廳裡探頭一看，桌上放了不少下酒菜，有魷魚絲、小魚乾、花生、毛豆……等等，就是沒看到啤酒。

想必夏舒雁是要等人都到齊了才會將啤酒拿出來，不過看她還在努力跟編輯討價還價拖延截稿日期，估計一時半刻結束不了通話。

藍姊自動走進廚房、打開冰箱，拎出一手啤酒，這才慢悠悠地折回客廳。大開的落地窗不只迎來璀璨陽光，連一縷縷涼風也跟著鑽進來。

藍姊大剌剌坐在地板上，邊喝啤酒邊看電視，大概喝了半罐左右，堇姨也進來了。她不像藍姊直接拉開易開罐的拉環，仰頭就喝，而是從廚房裡拿了杯子與一桶冰塊，慢條斯理地自斟自飲。

又過了十多分鐘，講完電話的夏舒雁眉開眼笑地走進客廳，剛才的愁苦之色簡直像是幻覺一場，顯然是順利爭取到緩刑了。

「拖稿拖成這樣，妳小心遭報應啊。」藍姊陰惻惻地看著她。

「至少讓我今天喝個過癮，明天我會乖乖工作的。」夏舒雁眼饞地看向冒出水珠的啤酒，冰冰涼涼的，很是誘人。

對於夏舒雁這種能拖一天是一天的惰性，藍姊已經懶得多說了，幸好她自己還知道個分寸，每每都擦著死線成功送印。

三人喝著啤酒，話題天南地北，想到什麼就說什麼，連發生在綠野宿舍的靈異事件都被她們毫不避諱地當成下酒菜。

宿舍長孟齊最後並沒有去自首，在那天晚上，他趁眾人熟睡時悄悄逃離了宿舍。

藍姊已請學校聯絡他的家長，也將他的個人資訊與照片傳給派出所，至於能不能抓到人，那就不在她關心的範圍了。

「是說，阿藍，妳確定不請守望相助隊去宿舍顧個幾天嗎？」夏舒雁還是不太放心，她可不希望寶貝姪子出半點意外。

「不用。」回話的人是堇姨，她一手把玩著菸管，眉眼慵懶地說道，「那孩子估計已經不是原來的他了，不會對宿舍裡的學生做出什麼事。」

這句話太抽象，連藍姊都一臉狐疑地看過去。

「朱槿。」堇姨淡淡拋出一個名字。有些事情說得太明白，就沒什麼意思了。

藍姊若有所思地喝著酒。夏舒雁則是豁達得多，當下就把這件事拋到腦後。

就在這時，稚氣的童音忽地插入了三人的談話。

「小姑姑，夏蘿把衣服拿去洗了，一個小時後要記得晾。」夏蘿從門口探進來，臉蛋白嫩嫩的，沒有什麼表情，但一雙黑澈大眼很是靈動。

「小姑姑收到。」夏舒雁舉起手揮了一下。

夏蘿又將頭縮了回去，啪噠啪噠走開了。

「……妳居然有臉讓一個十歲的小孩子替妳洗內衣褲？」堇姨鄙夷地看了她一眼，「羞恥心在哪裡？」

「沒辦法，我們家小蘿太賢慧了，羨慕吧，羨慕我也不會讓給妳的。」夏舒雁洋洋得意地炫耀著。

堇姨直接拿菸管敲向她的頭，力道略大，瞬間就看見那張爽朗的臉龐皺成一團。

「會痛啊，堇姨。」夏舒雁抱著腦袋退到沙發另一邊，就怕對方再來一記突襲。

「痛妳才會長記性。」堇姨冷冷說道。

「不錯了啦，堇姨，雁子還有負責晾衣服。」藍姊又開了一罐啤酒，「妳想想，小蘿的腿短短的，在院子裡晾衣服還得努力踮著腳，這畫面怎麼看都像是壓榨童工吧。」

「她現在就是在……」堇姨句子忽然頓了下，她看見話題裡的主角恰好從門口經過，然後停下腳步。

那雙黑幽幽的大眼睛凝視過來，讓藍姊瞬間產生了自己說人壞話被抓到的錯覺。

黑髮白膚的小女孩低頭看了看自己的腳，隨即抬起頭，堅定說道：「夏蘿腿不短。」

像是怕她們不相信似的，她努力抬頭挺胸，又認眞地重複一次，「眞的，不短。」

藍姊一口酒含在嘴裡，使勁憋著笑，結果表情變得十分扭曲。

夏舒雁已經習慣了小姪女在某些地方特別固執的個性，當下立即笑咪咪地附和。

「沒錯沒錯，我們家小蘿的腿一點兒也不短，以後一定是長腿美少女。」

似乎覺得自己的身高被認同了，夏蘿面無表情地紅著耳朵尖走掉了。

「變成美少女我倒是相信。」堇姨晃著杯子，冰塊在裡頭相互輕撞，冷淡的眉眼難得染上一絲懷念，「她太像夏伶了。」

「誰？」藍姊第一次聽到這個名字，反射性問，但她很快就抓出了句子的關鍵字，「小蘿跟春秋的母親？」

「是啊，我嫂子可是很美的。」夏舒雁眯著眼，遙想當年，「大哥眞不知道是燒了幾輩子好香才能娶到她……」

堇姨笑了下，慢條斯理地喝光杯子裡的酒。

兩人有一搭沒一搭地聊著往事，藍姊安靜坐在一旁聽著，一時半刻不打算將她們從回憶裡喚醒。

有時候，往事配著啤酒，反而更能體會沉澱在裡頭的悠長韻味。

三個女人喝了一下午的酒都不見醉意，神智仍舊清楚。因爲藍姊得先回宿舍一趟，夏舒雁要煮晚餐，所以空閒沒事做的堇姨就接下了買酒的任務。

看到手執菸管的嫵媚女人出現時，在雜貨店裡閒嗑牙的人們頓時露出又敬又畏的表情。

堇姨不僅是後山守墓人，也是村裡唯一的師婆，她在村人心中地位之高自然不言而喻。村人看到她時都會畢恭畢敬地稱她一聲「堇姨」。

同時，看向雜貨店老闆的眼神則是：看吧，你庫存的啤酒果然撐不過今晚了。

堇姨開著老爺車，載著兩大箱啤酒回到夏舒雁家的時候，藍姊則是拎著七個便當往山上去。

才剛踏進八卦形的宿舍裡，就看見洗完澡的左易頂著一頭濕漉漉的紅髮出來。十六歲的年紀，卻有著一張好看得過分的臉孔，如果不是眼神太過桀驁不馴，圍在身邊的女孩子可能多如過江之鯽。

左易顯然也注意到藍姊，一雙狹長的眼微微瞇起。

「妳怎麼在這裡，妳不是在那個小矮子的姑姑家喝酒嗎？」

「小子，禮貌點，我好歹是負責你們三餐的人。」藍姊陰森森地警告一聲，「便當我放在交誼廳，記得跟其他人說一下。」

只是走了沒幾步，她忽地停頓下來，回頭看向左易，露出比他更加匪夷所思的表情。

「你怎麼知道我在雁子家喝酒？」

「小不點說的。」左易看過去的眼神，就像是在說「這什麼蠢問題」。

「小不點？」藍姊還在思考這個暱稱是誰，左易已經自顧自地回寢室了。

一會兒過後，藍姊才頂著一臉古怪的神色走進交誼廳，並維持著同樣的表情離開。

當夏舒雁打開大門，迎接這位高中同學兼惡友時，如同發現新大陸般嚷嚷道。

「唷，阿藍，妳怎麼一臉吃到大便的表情。」

「妳才吃到大便，妳全家都……」藍姊及時掐掉後半句話，她跟夏舒雁鬥嘴是一回事，可不想牽扯到兩個孩子，「沒事。我餓了，可以吃飯了嗎？」

「就等妳了。」夏舒雁笑嘻嘻地把人迎進家裡。

晚餐很簡單，三菜一湯，不過量都做得很足。塡飽肚子之後，夏舒雁與藍姊各自拎著一罐啤酒，坐在落地窗外突出的簷廊上；堇姨則是懶洋洋地搓著菸草，用遠火兜圈的方式，讓放進管端的菸草平均著火，慢悠悠吸了一口菸，再緩緩吐出煙圈。

夏蘿坐在沙發上，抱著話筒與兄長說話，在三個大人默默喝酒的時候，放得又輕又緩的稚氣聲音就成了最好的背景音樂。

「喂，雁子。」藍姊忽然沒頭沒尾地喊了一聲。

「幹嘛？」夏舒雁小腿垂在簷廊外，上半身則是躺倒在地板上。

「我一直在想，我爲什麼要被妳說服，來到這個鳥不生蛋的高中宿舍當老媽子呢？」

「妳天生勞碌命嘛。」

「去妳的。」藍姊沒好氣地對她豎了一記中指。

躺了一會兒後，換夏舒雁喊起另一人。

「堇姨。」

「幹嘛。」同樣兩個字，堇姨表現出來的卻是慵懶中帶點悠長，反而別有韻味。

「我是喝到眼花了嗎？我的電腦螢幕怎麼會突然開啓？」夏舒雁一時反應不過來，愣愣地維持著上下顛倒的視角，盯著書桌上的螢幕不放。

「妳傻了嗎，妳的電腦不是本來就開著嗎？」藍姊嘲弄地說道，並沒有特別回過頭，顯然認定她喝多了，連事情都記不太清楚。

「螢幕開啓哪裡不對嗎？」堇姨斜靠著落地窗，她的角度恰好可以將廳內一覽無遺。

「不對啊！」夏舒雁猛地翻身而起，膝蓋跪在簷廊上，本來還有些茫茫然的眸子瞪得老大，「我非常確定我把螢幕的電源關掉了！」

這句話一出，藍姊跟著轉過頭，堇姨停下抽菸管的動作，略帶詫異地挑起眉。

她是師婆，自然可以比其他人更敏銳地感受到不好的氣，如果這棟屋子眞有什麼問題，她早就告訴夏舒雁了。

注意到大人們的氣氛出現變化，不像先前那樣閒適懶散，夏蘿對話筒另一端的兄長說了聲晚安，不讓他察覺異狀便結束了通話。

「小姑姑？」她不解地眨了眨眼，順著三人的視線方向看過去，頓時注意到書桌上的螢幕散發著亮白的光，顯示出來的頁面正是夏舒雁常用的word，還可以看到一行行黑色的字。

但是，剛才根本沒有人走過來用電腦啊。

夏蘿意識到不對勁的同時，忍不住抬手輕按著自己的腦袋，沒有看見那些「人」時的昏沉與不適感。

應該不是不好的東西。得出結論的她跳下沙發，毫不猶豫地往書桌那邊走。

「等等，小蘿。」夏舒雁怕她有什麼意外，忙不迭撐起身子站起身，三步併作兩步追了過去。

沒想到夏蘿才剛接近書桌，就被眼前的畫面驚得瞪圓了一雙黑眸，無措又緊張地大喊一聲「小姑姑」，她甚至還踮高腳尖，抓住滑鼠。

一向平靜的童音突然拔得高高的，夏舒雁心臟不禁重重一跳，急忙往前一湊。當她看見螢幕上的異象時，大腦瞬間一片空白，唯一的反應就是尖叫。

「呀啊啊啊啊啊啊！我的稿子！」

那聲音淒厲又慘烈，簡直就像是看到了命案現場，驚得藍姊與堇姨當下匆匆趕來一探究竟。

而這一眼，也讓兩人徹底看傻了。

宛如螞蟻般的小蟲子正一隻隻從螢幕裡爬出來，不是從底座，也不是從縫隙，而是真真切切地穿透了薄型液晶，由碰觸不到的word頁面爬到書桌上。

它們速度很快，夏舒雁尖叫剛停歇，就已沿著桌腳往下爬，綿延不絕，像是一條會移動的黑線。

如果那只是普通的螞蟻，夏舒雁或許還不會叫得那麼驚天動地，彷彿要跟誰拚命。偏偏這些蟲子爬到一個字上頭，就見那個字開始搖晃起來，像被某種力道撼動般，緊接著落到了蟲子背上。

而這份文件檔，就是夏舒雁五天後要交的稿子。

眼見一個個新細明體、十二字級的文字不斷剝落，文件檔的空白範圍越來越大，夏舒雁急得臉都白了，第一次體會到心臟病快要發作的感覺。

她從夏蘿手上拿過滑鼠，試圖用游標來驅走蟲子，然而不管她怎麼點擊，那些小蟲都不為所動，搬字的速度反而更快了。

最不可思議的是，那些平面的字被蟲子帶到螢幕外之後，都變作方方正正的立體，如同一個個鉛字。

「還不快去抓它們！」藍姊回過神來，連忙出聲催促至今沒有動作的好友，「妳是眞的想要天窗嗎？」

「但是我討厭螞蟻啊。」夏舒雁的手懸在半空中，遲遲落不下去。

「連環境整潔都維持不了的邋遢女人，有什麼資格說討厭螞蟻！」藍姊恨鐵不成鋼地罵道。

啪。一隻小手無預警往桌面拍去，本來流暢的黑線受到外力突襲，頓時出現斷層。一部分蟲子四散開來，如同一盤崩掉的散沙。

藍姊與夏舒雁瞬間收聲，兩人屏氣凝神地看著夏蘿抬起手，白嫩的掌心上頭沒有蟲也沒有字，僅有一小灘疑似墨漬的液體。

「小蘿眞有勇氣。」堇姨仔細端詳她的手掌，確認沒什麼大礙後，用手帕替她擦去上頭污漬，一向冷淡的眉眼透出幾抹溫情；但再看向夏舒雁時，眼神裡的溫度直落冰點。

「那個，堇姨，直接用手碰，我有點……心理上的障礙。」夏舒雁苦哈哈地解釋。

「算了，看樣子也不是弄死這些蟲子就能解決的事。」堇姨看向螢幕和蟲子行進的方向，示意幾人稍安勿躁，放任這些蟲子搬著字，在地板上形成一條長長的黑線。

夏舒雁一邊看著字越掉越多的word檔，一邊看著從螢幕裡一隻隻鑽出來的蟲子，急得直跳腳。

夏蘿安安靜靜地跟在堇姨身後，像條小尾巴似的，兩人配合著那些小蟲子的速度，慢慢、慢慢地走出客廳，穿過走廊，來到底端的圓形邊桌前。

這個附有可拆式托盤桌，又有儲藏空間的圓桌，上方正放著一座色澤偏黑的小型紫晶洞，那些蟲子正奮力往洞裡爬。

「舒雁，拿一個垃圾袋給我。」堇姨回頭吩咐道。

從客廳裡追出來的夏舒雁當下毫不遲疑地衝進廚房，從櫃子裡翻出黑色垃圾袋，再迅速趕到堇姨身邊。

「要、要怎麼做？」她緊張問道。事關稿子進度，她根本做不到像堇姨那般氣定神閒。

「先把它們隔絕不就好了？」堇姨將菸管交給一旁同樣屏氣凝神的藍姊，接過垃圾袋，由上而下套住紫晶洞，再迅雷不及掩耳地收緊袋口，打了一個結。

紫晶洞被垃圾袋包住後，那些蟲子就像瞬間迷失了回家的路，如無頭蒼蠅般四處亂竄。由於它們身上還揹著字，只見地板上時而出現看得懂的長句，時而出現意義不明的短句或名詞。

「媽呀，這是什麼最新羞辱人的方式。」夏舒雁呻吟一聲，都想要摀住自己的臉了。

夏蘿蹲下身，大眼睛眨也不眨地看著那些爬來爬去的小蟲子。

「現在怎麼辦？」眼前荒謬的場景反而讓藍姊冷靜下來，探詢地看向堇姨。

「妳們兩個留下來看狀況，我和小蘿先回客廳。」一手拎著垃圾袋，一手拿回自己的菸管，堇姨示意夏蘿跟她一塊走。

藍姊雖然平常在口頭上常與堇姨針鋒相對，不過在面對超自然或是靈異事件時，卻極為聽從她交代下來的事。

夏蘿坐回沙發上，堇姨將垃圾袋先扔至院子裡，站在簷廊，細長的手指挾著菸管，慢條斯理地抽了一口菸。

約莫五分鐘過後，一直盯著蟲子動靜的夏蘿微微睜大眼睛，看見那些小蟲都消失了，取而代之的是，地板上出現一灘又一灘黑色液體。

「不是吧！」夏舒雁的慘叫傳進客廳裡，「我得拖多久的地啊，撐不撐得到春秋回來幫我打掃？」

「自己的地自己拖。」藍姊沒好氣地斥喝。

不用探頭去看，就可以知道走廊上也是一樣的慘狀。

夏舒雁走進客廳後，第一件事就是衝到電腦螢幕前檢查自己的稿子，看到word檔上真的呈現一部分空白，身子頓時晃了晃。

「我的天，一頁，居然有一頁的量……」夏舒雁失魂落魄地走到夏蘿身邊坐下，虛脫無力的樣子就像是力氣被燃燒殆盡。

「才一頁妳該偷笑了。」藍姊半點同情心也沒有，甚至還覺得這些蟲子出現的時機真剛好，恰恰給了夏舒雁一個警惕。

堇姨抽了幾口菸，轉頭看向沙發上的夏舒雁。

「這個紫晶洞是哪裡來的？我記得妳家之前沒這東西。」

「是朋友從國外帶回來的，昨天剛好跟春秋的手機一塊寄到。她說在逛市集時看到這個紫晶洞，覺得顏色很特別，特地買來送我。」

夏舒雁覺得自己心靈受創太深，一把抱過夏蘿，將臉埋在她肩膀上，向姪女尋求慰藉。

「妳朋友跟妳的交情如何？」堇姨又問。

「大概就像我和阿藍的交情一樣……」夏舒雁有氣無力地說。

堇姨似笑非笑地看向一旁翻著白眼、一邊嘀咕「孽緣」兩字的藍姊。

「紫晶洞是一種風水石，有助於改變運勢。」堇姨說話的語調不緊不慢，慵懶之餘又帶著點冷淡，「不過從市集上買回來的東西，誰也不能保證裡頭是不是藏了什麼。妳朋友的心意是好的，只是妳的運氣不太好，那東西不適合放在妳這裡。妳想想誰家沒有電腦，就把紫晶洞轉送出去吧。」

「全村沒有電腦的就只有妳了吧，堇姨。」藍姊不冷不熱地提醒，她在沙發另一邊坐下來，拉開啤酒罐的拉環，仰頭喝了一大口，藉以平復心緒。

「是嗎？那我就帶回去當擺設吧。」堇姨緩緩又吐出一圈煙圈，蒼白的煙氣在夜空裡裊裊散開。

精神受創是一回事，但壓不住的好奇心又是一回事，夏舒雁忍不住問道。

「堇姨，妳知道這些蟲子是什麼嗎？」

「不知道。」

「妳知道它們爲什麼吃word檔上的字嗎？」

「不知道。」

「堇姨，那妳知道什麼？」夏舒雁的語氣已經像在哀號了。

「我只知道它們對人類沒有不好的影響。」堇姨斜睨了她一眼，「這樣就很夠了。」

「它們讓我心臟病都要發作了，哪裡沒有不好的影響？」夏舒雁想起自己少了一部分的稿子就欲哭無淚。

「有些東西不知來歷、不知原因，出現了就是出現了。妳就算想跟我要解釋，我也說不出個所以然。」堇姨倚在落地窗前，將菸管執到嘴邊，「妳就當作是……」

「天譴。」藍姊陰森森地做出結論。

堇姨原本想說的是「意外」，不過想想夏舒雁拖稿成性，她低低笑了笑，覺得或許是這樣子沒錯。

〈大人們的談心時間〉完

後記

《春秋異聞》對我來說，是一部意義特別不一樣的作品。因爲中間發生了這樣那樣的事，根本沒想到有機會看到它以全新的姿態出現在大家的面前，心情眞的非常感動，感謝夜風大與編編，讓我擁有了不一樣的《春秋異聞》。

當初會將這個系列取作《春秋異聞》，其實就是想要表示，這是一部關於主角夏春秋在暑假所遇到的不可思議故事。

與《神使》的角色相比，春秋他們顯得更普通，沒有什麼非凡的能力，但看著一票人被阿飄追得跑來跑去地尖叫，老實說，我寫得很開心XD

有一個場景是他們聚在春秋的房間裡說鬼故事，其中有幾個故事是從朋友那邊聽來的眞實經歷改編，聽得我雞皮疙瘩都要起來了，所以我要把這種感覺分享給你們（喂）

因爲成人組在正文裡的戲分不多，所以才有了這篇番外的出現。我很喜歡藍姊、小姑姑和堇姨的相處模式，雖然表面上看來是一票惡友，彼此損來損去，可是實際上三人的感情很好。每次她們開喝酒大會的時候，都會讓村民們退避三舍，只有小蘿可以平安出現在她們周圍，而不會被抓去灌酒。

接下來，春秋等人會暫時離開綠野村，前往歐陽家作客了，他們又會遇到什麼怪異的事情？我們下一集再見。

醉琉璃

【下集預告】

春秋異聞

受歐陽明邀請，夏春秋一行人前往紅葉村遊玩。
然而，一向淳樸的小村莊卻接二連三發生駭人事件。

在後山玩耍的孩子失蹤了，
埋在墓地裡的屍體消失了。

孩童們傳唱的童謠，竟隱藏著不可告人的祕密。
鬼來了鬼來了，樹上的烏鴉警告著，
行燈夜晚的人們要小心，回頭就會被吃掉。

行燈之夜，尾隨在燈火後頭的究竟是什麼？

第二夜．行燈夜

2016.10月，預計登場！

國家圖書館出版品預行編目資料

春秋異聞.卷一,夏夜譚／醉琉璃 著.
——初版. ——台北市：魔豆文化出版：蓋亞文化
發行，2016.08
面； 公分.（Fresh；FS115）
ISBN 978-986-5987-98-5
857.7 105011969

fresh
FS115

春秋異聞

卷一
夏夜譚

作者／醉琉璃
插畫／夜風　　封面設計／克里斯
出版社／魔豆文化有限公司
地址◎ 台北市103赤峰街41巷7號1樓
電話◎（02）25585438　傳眞◎（02）25585439
部落格◎ gaeabooks.pixnet.net/blog
臉書◎ www.facebook.com/Gaeabooks
電子信箱◎ gaea@gaeabooks.com.tw
投稿信箱◎ editor@gaeabooks.com.tw
郵撥帳號◎ 19769541　戶名：蓋亞文化有限公司
發行／蓋亞文化有限公司
法律顧問／宇達經貿法律事務所
總經銷／聯合發行股份有限公司
地址◎ 新北市新店區寶橋路二三五巷六弄六號二樓
電話◎（02）29178022　傳眞◎（02）29156275
港澳地區／一代匯集
地址◎ 九龍旺角塘尾道64號龍駒企業大廈10樓B&D室
電話◎（852）2783-8102　傳眞◎（852）2396-0050
初版一刷／2016年08月
定價／新台幣 220 元
Printed in Taiwan

ISBN／978-986-5987-98-5

魔豆

魔豆